Five Nights at Freddy's

ESCALOFRÍOS DE FAZBEAR

LA ALBERCA
DE PELOTAS

Five Nights at Freddy's
ESCALOFRÍOS DE FAZBEAR

LA ALBERCA
DE PELOTAS

SCOTT CAWTHON   ELLEY COOPER

Traducción de Elia Maqueda

Rocaeditorial

El papel utilizado para la impresión de este libro ha sido fabricado a partir de madera procedente de bosques y plantaciones gestionadas con los más altos estándares ambientales, garantizando una explotación de los recursos sostenible con el medio ambiente y beneficiosa para las personas.

Five Nights at Freddy's. Escalofríos de Fazbear. La alberca de pelotas

Título original: Five Nights at Freddy's: Fazbear Frights #1. Into the Pit

Primera edición en España: marzo, 2022
Primera edición en México: mayo, 2022

D. R. © 2020, Scott Cawthon
Todos los derechos reservados. Publicado en acuerdo con Scholastic Inc.,
557 Broadway, Nueva York, NY10012, EE.UU.
Derechos negociados a través de Ute Körner Literary Agent.

D. R. © 2022 de esta edición: Roca Editorial de Libros, S. L.
Av. Marquès de l'Argentera 17, pral.
08003 Barcelona
actualidad@rocaeditorial.com
www.rocalibros.com

D. R. © 2022, Elia Maqueda, por la traducción

© de la foto de estática de televisión: Klikk / Dreamstime

SCHOLASTIC

ISBN: 978-841-887-057-6

Impreso en México – *Printed in Mexico*

ÍNDICE

LA ALBERCA DE PELOTAS

—La zarigüeya muerta sigue ahí.

Oswald miró por la ventanilla del copiloto el cadáver gris y peludo en la orilla de la carretera. Parecía incluso más muerta que el día anterior. La lluvia nocturna no había sido de gran ayuda.

—Nada parece más muerto que una zarigüeya muerta —dijo el padre de Oswald.

—Excepto este pueblo —murmuró Oswald mientras contemplaba las fachadas tapiadas y los escaparates en los que no había más que polvo.

—¿Cómo dices? —dijo su padre.

Llevaba el estúpido chaleco rojo que tenía que ponerse para trabajar en la tienda de abarrotes Snack Space. Oswald pensó que ya podía haber esperado a dejarlo en la escuela antes de ponérselo.

—Este pueblo —repitió Oswald, más alto—. Este pueblo está más muerto que una zarigüeya muerta.

Su padre se echó a reír.

—Pues mira, eso no te lo voy a negar.

Tres años antes, cuando Oswald tenía siete, por lo menos había cosas que hacer: un cine, una tienda de juegos de rol y una heladería donde tenían unos helados en cono riquísimos. Pero luego cerró la fábrica, que era la razón de ser del pueblo. El padre de Oswald se había quedado sin trabajo, al igual que los padres y las madres de un montón de niños. Muchas familias se habían ido del pueblo, incluida la del mejor amigo de Oswald, Ben.

La familia de Oswald se había quedado porque su madre tenía un trabajo fijo en el hospital y para no dejar sola a su abuela. Así que su padre acabó buscándose un trabajo de medio tiempo en Snack Space, por cinco dólares menos la hora que en la fábrica, mientras Oswald veía cómo el pueblo se iba muriendo. Cerraba un negocio tras otro, como los órganos de un cuerpo moribundo, porque ya nadie tenía dinero para ir al cine ni para comprar juegos ni helados en cono riquísimos.

—¿No estás emocionado por el fin del año escolar? —le preguntó su padre.

Era una de esas preguntas que siempre te hacen los adultos, como «¿qué tal el día?» o «¿te cepillaste los dientes?».

Oswald se encogió de hombros.

—Bueno. Tampoco hay mucho que hacer ahora que no está Ben. La escuela es aburrida, pero estar en casa también es aburrido.

—Cuando yo tenía diez años, en verano no pisaba mi casa hasta la hora de cenar —dijo su padre—.

Andaba en bici, jugaba beisbol y me metía en problemas todo el día.

—¿Me estás diciendo que debería meterme en problemas? —preguntó Oswald.

—No, te estoy diciendo que deberías divertirte.

Paró el coche junto a la acera delante de de la escuela Westbrook.

Divertirse. Como si fuera tan fácil.

Oswald cruzó las puertas del edificio de la escuela y se topó de frente con Dylan Cooper, la última persona a la que quería ver. Dylan, en cambio, sí que parecía que quería ver a Oswald, porque esbozó una amplia sonrisa. Era el chico más alto de quinto y, a todas luces, le encantaba mirar a sus víctimas desde las alturas en toda ocasión.

—¡Eh, pero si es Oswald, *el Ocelote*! —exclamó, sonriendo tanto que parecía casi imposible.

—No te vas a cansar nunca, ¿verdad? —dijo Oswald mientras dejaba atrás a Dylan, aliviado al ver que su acosador decidía no seguirlo.

Cuando Oswald y sus compañeros de clase iban al kínder, pasaban unos dibujos en la tele de un ocelote rosa gigante que se llamaba Oswald. Como resultado, Dylan y sus amigos le pusieron el apodo de «Oswald, *el Ocelote*» el primer día de escuela, y lo llamaban así desde entonces. Dylan era de ese tipo de personas que siempre se fijan en lo que te hace diferente. Si no hubiera sido el nombre de Oswald, habrían sido las pecas o el remolino del pelo.

Lo de los apodos había empeorado aquel año, y mucho, cuando habían aprendido en clase de Historia de

Estados Unidos que el hombre que había matado a John F. Kennedy se llamaba Lee Harvey Oswald. Oswald prefería ser un ocelote que un asesino.

Como era el último día de clases antes de las vacaciones, no iban a hacer nada. La señorita Meecham les había dicho el día anterior que podían llevar sus dispositivos electrónicos siempre y cuando se hicieran responsables de cualquier posible pérdida o avería. Aquella noticia implicaba que no entraba en sus planes llevar a cabo actividad educativa alguna.

Oswald no tenía ningún dispositivo electrónico moderno. Bueno, había una laptop en casa, pero era de toda la familia y no podía llevársela a la escuela. Tenía celular, pero era un modelo de lo más triste y anticuado, y no quería ni sacárselo del bolsillo porque sabía que cualquiera que lo viera se reiría de lo corriente que era. Así que, mientras los demás compañeros jugaban con sus *tablets* y consolas portátiles, Oswald se quedó mirando las musarañas.

Cuando estar sentado sin hacer nada se hizo insoportable, sacó un cuaderno y un lápiz y empezó a dibujar. No era el mejor artista del mundo, pero lo hacía lo suficientemente bien como para que sus dibujos fueran identificables, y tenían un rollo caricaturesco que le gustaba. Pero lo mejor de dibujar era que podía abstraerse de todo lo demás. Era como si se cayera dentro del papel y pasara a formar parte de la escena que estaba creando. Era una vía de escape.

No sabía por qué, pero últimamente había empezado a dibujar animales mecánicos: osos, conejos y pájaros. Los visualizaba de tamaño humano y moviéndose con la torpeza de los robots en una película antigua de ciencia ficción. Eran de peluche por fuera, pero el pelo cubría un esqueleto de metal rígido lleno de engranajes y circuitos. A veces dibujaba sólo los esqueletos metálicos al aire o los animales con el pellejo levantado, de forma que se vieran los mecanismos de debajo. El efecto daba bastante horror, como ver el cráneo de una persona asomando por debajo de la piel.

Oswald estaba tan ensimismado en su dibujo que se sobresaltó cuando la señorita Meecham apagó la luz para poner una película. Las películas siempre parecían el gesto de desesperación definitivo de un profesor el último día de clase: una forma de mantener a los chicos callados y relativamente quietos durante una hora y media antes de soltarlos y dar por inauguradas las vacaciones de verano. La película elegida por la señorita Meecham era, en opinión de Oswald, demasiado infantil para una clase de quinto. Se trataba de una granja en la que los animales hablaban, y ya la había visto, pero la volvió a ver porque ¿qué otra cosa iba a hacer si no?

En el recreo, los niños formaron un círculo y jugaron a pasarse la pelota e ir contando qué iban a hacer en verano:

—Yo voy a un campamento de futbol.

—Yo me inscribí en a un campamento de básquetbol.

—Yo estaré en la alberca de mi condominio.

—Yo me voy con mis abuelos a Florida.

Oswald se quedó sentado en una banca escuchándolos. Para él no había campamentos, albercas ni viajes, porque no tenían dinero. Así que dibujaría, jugaría a los mismos videojuegos viejos que ya había puesto mil veces y quizás iría a la biblioteca.

Si Ben siguiera viviendo allí, todo sería distinto. Aunque hicieran lo mismo de siempre, al menos lo harían juntos. Y Ben siempre conseguía hacer reír a Oswald improvisando personajes de videojuegos o imitando a la perfección a alguno de sus profesores. Ben y él siempre se la pasaban bien, daba igual lo que hicieran. Pero ahora el verano sin Ben se extendía ante él como un erial, largo y vacío.

Casi todos los días, la madre de Ben trabajaba desde las doce del mediodía hasta las doce de la noche, así que era su padre quien hacía la cena. Normalmente comían comida congelada como lasaña o pastel de pollo del Snack Space, caducados, pero que aún se podían comer (aunque no vender). Cuando su padre cocinaba, solían ser cosas hervidas sin más.

Mientras su padre hacía la cena, el trabajo de Oswald era darle de comer a Jinx, su mimada gata negra. Oswald solía pensar que hacía gala de las mismas habilidades culinarias abriendo la apestosa lata de comida para gatos de Jinx que su padre haciendo la cena.

Aquella noche, Oswald y su padre se sentaron a cenar sendos platos de macarrones con queso precocinados y un poco de elote enlatado que su padre había hecho en el microondas de guarnición. Una cena muy amarilla.

—Oye, estaba pensando —dijo su padre mientras se echaba cátsup en los macarrones con queso. («¿Por qué hace eso?», se preguntó Oswald)—. Ya sé que eres lo bastante mayor como para quedarte solo en casa, pero no me gusta la idea de que estés aquí solo todo el día mientras mamá y yo estamos en el trabajo. Había pensado que podrías venir por las mañanas conmigo en el coche al centro y te dejo en la biblioteca. Podrías leer, navegar por la red...

Oswald no podía dejar pasar aquello. ¿Cómo podía ser tan retrógrado?

—Papá, ya nadie dice «navegar por la red».

—Bueno, pues ahora sí..., porque acabo de decirlo yo —su padre pinchó unos cuantos macarrones—. El caso es que he pensado que podrías pasar las mañanas en la biblioteca. Cuando tengas hambre, te vas a Jeff's Pizza a comprarte una porción y un refresco, y luego te recojo ahí, cuando acabe el turno a las tres.

Oswald lo pensó un rato. Jeff's Pizza era un sitio extraño. No es que fuera sucio, era más bien decadente. Habían reparado el vinilo de los asientos con cinta de embalaje, y las letras de plástico del tablero con la carta se habían caído a la barra, de forma que entre los ingredientes había cosas como *epperoni* y *am urguesa*. Estaba claro que Jeff's Pizza había vivido tiempos mejores. Tenía muchísimos metros sin usar y un montón de tomas de corriente inservibles en las paredes. Además, en la zona del fondo, había un pequeño escenario, aunque no se hacían actuaciones de ningún tipo, ni siquiera había un karaoke. Era un lugar extraño, triste y venido a menos, como el resto del pueblo.

Pero, aparte de eso, la pizza no estaba del todo mal; además, lo más importante: era la única que se podía comprar en todo el pueblo sin contar las congeladas del Snack Space. Los pocos restaurantes buenos del pueblo, incluidos Gino's Pizza y Marco's Pizza (que, a diferencia de Jeff's, tenían nombres italianos de verdad), habían cerrado sus puertas poco después de que lo hiciera la fábrica.

—¿Y me darías tú el dinero para la pizza? —preguntó Oswald.

Desde que su padre se había quedado sin trabajo, la paga semanal de Oswald se había visto reducida al extremo.

Su padre sonrió, con una sonrisa algo triste, o eso pensó Oswald.

—Hijo, estamos mal, pero no tanto como para no poder darte tres dólares y medio para una porción de pizza y un refresco.

—Está bien —contestó Oswald.

No iba a decir que no a una porción de pizza con queso fundido.

Como al día siguiente no había clases, ni las habría en bastante tiempo, aquella noche Oswald se quedó levantado cuando su padre se fue a la cama; vio una peli de monstruos japonesa antigua, con Jinx ronroneando en su regazo. Oswald había visto un montón de películas japonesas de serie B, pero ésta, *Zendrelix vs. Mechazendrelix*, no la conocía. Como siempre, Zendrelix parecía un simple dragón gigante, pero Mechazendrelix le recordó a los animales mecánicos que dibujaba, aquellos que tenían la piel levantada. Los efectos especiales de la película daban risa —el tren que Zendrelix destruía era a todas luces una maqueta— y el doblaje estaba muy mal sincronizado. Aun así, sin saber por qué, quería que ganara Zendrelix. Por mucho que fuera un tipo común y corriente con un traje de hule, tenía bastante personalidad.

Ya en la cama, intentó hacer una lista de las cosas buenas del verano. Ben ya no estaba, pero tenía las pelis de monstruos y la biblioteca y la pizza a mediodía. Algo era algo, aunque al parecer no sería suficiente para todas las vacaciones. «Por favor —suplicó cerrando los ojos—. Por favor, que pase algo interesante.»

Oswald se despertó y olió a café y tocino. El café le daba un poco igual, pero el tocino olía requetebién. El desayuno era el rato para estar con su madre, casi siempre el único poco tiempo que pasaba con ella entre semana. Después de ir al baño, se apresuró a bajar a la cocina.

—¡Pero qué ven mis ojos! ¡Mi preadolescente se ha levantado!

Su madre estaba de pie junto a la estufa con su bata rosa de felpa y el pelo recogido en una coleta, y estaba dándole la vuelta a algo… Mmm, ¿hot cakes?

—Hola, mamá.

Ella extendió los brazos.

—Exijo mi abrazo matutino.

Oswald suspiró como si le fastidiara, pero fue hasta donde estaba su madre y la abrazó. Era curioso. A su padre siempre le decía que ya era muy mayor para dar abrazos, pero nunca le negaba uno a su madre. Quizá fuera porque la veía muy poco durante la semana, mientras que con su padre pasaba tanto tiempo que a veces se sacaban mutuamente de sus casillas.

Oswald sabía que su madre lo extrañaba y se sentía mal por tener que trabajar tanto. Pero también sabía que, como el trabajo de su padre en el Snack Space era de medio tiempo, su madre trabajaba muchas horas para pagar la mayor parte de las facturas. Ella siempre decía que ser adulto significaba debatirse entre el tiempo y el dinero. Cuanto más dinero ganas para pagar los gastos, menos tiempo tienes para estar con tu familia. Era difícil llegar a un equilibrio.

Se sentó a la mesa de la cocina y le dio las gracias a su madre cuando ella le sirvió un jugo de naranja.

—Primer día de vacaciones, ¿eh?

Su madre volvió a la estufa a darle la vuelta a un hot cake con la espumadera.

—Ajá.

Podría haber intentado sonar más entusiasta, pero no tenía mucha energía.

Ella le sirvió el hot cake en el plato y luego añadió dos tiras de tocino.

—No es lo mismo sin Ben, ¿no?

Él sacudió la cabeza. No iba a llorar.

Su madre le revolvió el pelo.

—Ya sé que es aburrido. Pero, oye, a lo mejor llega algún amigo nuevo al pueblo.

Oswald contempló su rostro esperanzado.

—¿Por qué iba a mudarse alguien aquí?

—Bueno, de acuerdo —dijo su madre mientras le servía otro hot cake—. Pero nunca se sabe. A lo mejor ya vive alguien cool aquí. Alguien que no conozcas.

—A lo mejor, pero lo dudo —dijo Oswald—. Los hot cakes están muy ricos.

Su madre sonrió y le revolvió el pelo otra vez.

—Bueno, pues con eso me basta. ¿Quieres más tocino? Si quieres, sírvete antes de que llegue tu padre y se lo coma todo.

—Okey.

Según su política personal, Oswald nunca rechazaba un poco más de tocino.

La biblioteca le gustaba. Encontró el último libro de una serie de ciencia ficción que le gustaba y un manga que parecía interesante. Como siempre, tuvo que esperar una eternidad para usar las computadoras, porque estaban ocupadas por gente que no parecía tener nada más que hacer: hombres con barbas desaliñadas y varias capas de ropa raída, mujeres demasiado flacas de ojos tristes y dientes feos... Esperó su turno educadamente, a sabiendas de que toda aquella gente utilizaba la biblioteca como refugio diurno y luego pasaba la noche a la intemperie.

Jeff's Pizza seguía siendo un sitio tan raro como recordaba. El amplio espacio vacío más allá de las mesas era como una pista de baile donde no bailaba nadie. Las paredes estaban pintadas de amarillo claro, pero debían de haber usado pintura barata o sólo una capa, porque aún se veían las siluetas de lo que fuera que había habido antes. Seguramente fuera un mural donde salían personas o animales, pero ahora sólo eran sombras detrás de un delgado velo de pintura amarilla. Oswald a veces intentaba adivinar qué eran las formas, pero estaban demasiado desdibujadas.

Luego estaba el escenario sin usar, vacío, pero como a la espera de algo. Aunque había algo aún más raro que el escenario en el rincón del fondo a la derecha. Era una especie de jaula grande y rectangular con una red amarilla, aunque estaba acordonada y tenía colgado un cartel que decía NO USAR. La jaula estaba llena de pelotas rojas, azules y verdes que probablemente habían sido brillantes antaño, pero que ahora estaban descoloridas y llenas de polvo.

Oswald sabía que las albercas de pelotas eran muy populares entre los niños hacía tiempo, pero habían ido desapareciendo por razones de higiene... Es que ¿quién desinfectaba las pelotas? A Oswald no le cabía la menor duda de que si las albercas de pelotas hubieran seguido estando de moda cuando él era pequeño, su madre no lo habría dejado jugar. Como buena enfermera, siempre estaba dispuesta a señalar cualquier lugar que le pareciera un nido de gérmenes, y cuando Oswald se quejaba de que nunca lo dejaba hacer cosas divertidas, le decía: «¿Sabes lo que no es nada divertido? La conjuntivitis».

Aparte del escenario vacío y la alberca de pelotas abandonado, lo más raro de Jeff's Pizza era el propio Jeff. Parecía ser la única persona que trabajaba allí, así que él mismo tomaba nota de los pedidos en la barra y hacía las pizzas, pero como nunca había demasiada gente, tampoco era ningún problema. Aquel día, como todos, Jeff tenía aspecto de llevar una semana sin dormir. Llevaba el pelo oscuro despeinado y unas bolsas preocupantes bajo los ojos inyectados en sangre. Vestía un delantal con manchas de tomate recientes y antiguas.

—¿Qué te pongo? —le preguntó a Oswald con tono aburrido.

—Una porción de pizza de queso y un refresco de naranja, por favor —contestó Oswald.

Jeff se quedó mirando al infinito como si estuviera valorando si el pedido era razonable o no. Después de un rato, dijo:

—Está bien. Son tres con cincuenta.

Si una cosa era cierta acerca de las porciones de pizza de Jeff's es que eran gigantes. Jeff las servía en unos platos de cartón blancos y finos que enseguida se manchaban de grasa, y los bordes siempre se salían del plato por los lados.

Oswald se sentó a una mesa con su porción y su refresco. El primer bocado —la esquina del triángulo— siempre era el mejor. La proporción de los sabores de ese bocado en concreto era, en cierto modo, perfecta. Saboreó el queso caliente y fundido, la salsa agria y el borde brillante y delicioso. Mientras comía, observó a los pocos comensales que lo rodeaban. Una pareja de mecánicos del taller de cambio de aceite había doblado sus porciones de *pepperoni* y se las estaban comiendo como si fueran sándwiches. Una mesa llena de oficinistas atacaban con torpeza sus porciones con cubiertos de plástico para no mancharse de salsa las corbatas y las camisas, o eso supuso Oswald.

Cuando se terminó la porción, deseó poder pedir otra, pero sabía que no tenía dinero, así que se limpió los dedos grasientos y sacó el libro de la biblioteca. Le dio un sorbo al refresco y se puso a leer, sumergiéndose en un mundo donde unos niños con súper poderes iban a una escuela especial para aprender a combatir el mal.

—Muchacho.

Una voz de hombre desconcentró a Oswald de la lectura. Levantó la vista y se encontró con Jeff y su delantal manchado de salsa. Oswald supuso que llevaba allí más tiempo del que debía. Llevaba dos horas leyendo en la mesa después de terminar su consumo de menos de cuatro dólares.

—¿Sí, señor? —contestó Oswald, porque nunca estaba de más ser educado.

—Tengo un par de porciones de queso que no se han vendido en el almuerzo. ¿Las quieres?

—Oh —dijo Oswald—. No, gracias, no tengo más dinero.

Aunque ojalá lo hubiera tenido.

—Invita la casa —dijo Jeff—. Es que si no las voy a tener que tirar.

—Ah, bueno. Pues sí. Gracias.

Jeff tomó el vaso vacío de Oswald.

—Te pongo otra naranjada mientras.

—Gracias.

Qué raro. Jeff nunca cambiaba de expresión. Tenía el mismo aspecto cansado y miserable hasta cuando estaba siendo súper amable.

Jeff le llevó las dos porciones de pizza apiladas en un plato de cartón y un vaso de refresco de naranja.

—Ahí tienes, muchacho —dijo mientras le ponía delante el plato y el vaso.

—Gracias.

Oswald se preguntó por un momento si Jeff sentiría lástima por él, si pensaría que era muy muy pobre, como los indigentes que se pasaban el día en la biblioteca, en lugar de pobre normal, de los que apenas llegan a final de mes, que es lo que era.

Pero luego pensó que tenía pizza gratis, así que no era momento de preguntarse por los motivos. Era momento de comer.

Oswald engulló los dos trozos de pizza sin mayor problema. Llevaba un mes que se comía las piedras. Cuando su madre le hacía torres de hot cakes por la mañana, decía que debía de estar pasando por un pico de crecimiento, porque comía como si tuviera solitaria.

El celular le vibró en el bolsillo justo cuando se estaba terminando el refresco. Leyó el mensaje de su padre: «Te recojo en la puerta de Jeff's dentro de 2 min».

Justo a tiempo. Había sido un buen día.

Los días en la biblioteca y en Jeff's Pizza se iban sucediendo. Las primeras dos semanas habían estado bien, pero en la biblioteca no tenían el siguiente libro de la serie que estaba leyendo y se había aburrido del juego *online* con el que estaba porque, aunque decían que era gratis, ya no podía avanzar más sin pagar. Se había cansado de no tener a nadie de su edad con quien estar. Todavía no se había cansado de la pizza, pero empezaba a pensar que podía cansarse también.

Aquel día tenían noche familiar, que era algo que hacían una vez a la semana en función de los turnos de su madre. Cuando la fábrica aún estaba abierta, la noche familiar consistía en salir a cenar a un restaurante (pizza, comida china o mexicana). Después de cenar, hacían algo divertido todos juntos. A veces iban al cine si ponían una peli para niños y, si no, iban al boliche o a la pista de patinaje, donde su madre y su padre solían quedar cuando iban a la escuela. Sus padres patinaban muy bien y Oswald era un desastre, pero se ponían cada uno a un lado y lo llevaban de la mano para que no se cayera. Solían terminar la velada con un helado en el centro. Oswald y su madre se reían de su padre porque siempre, por muchos sabores que hubiera, lo pedía de vainilla.

Desde que había cerrado la fábrica, la noche familiar se hacía en casa. Su madre preparaba algo sencillo pero especial para cenar, como tacos variados o hot dogs. Cenaban y luego jugaban a juegos de mesa o veían una película alquilada en el Red Box. Seguía siendo divertido, claro, pero a veces Oswald decía en voz alta que extrañaba ir al cine y comer helado después, y su padre tenía que recordarle que lo importante era pasar tiempo juntos.

A veces, si hacía buen tiempo, salían. Preparaban un picnic con comida fría y ensaladas del Snack Space e iban al parque. Cenaban en una de las mesas de madera del parque y miraban las ardillas, los pájaros y los mapaches. Luego iban a dar un paseo por algún camino de montaña. Aquellas salidas estaban bien, al menos hacían algo distinto, pero Oswald sabía perfectamente por qué aquello era lo único que hacían fuera: los picnics no costaban dinero.

Aquella noche iban a quedarse en casa. Su madre había hecho espagueti y pan de ajo. Habían jugado una partida de Clue, que su madre había ganado, como siempre, y estaban sentados todos juntos en el sofá en piyama con un tazón enorme de palomitas, viendo el *remake* de una película antigua de ciencia ficción.

Cuando la película terminó, su padre dijo:

—Bueno, estuvo bien, pero no es tan buena como la versión auténtica.

—¿Cómo que la versión auténtica? —dijo Oswald—. Ésta es una versión auténtica.

—No te creas —dijo su padre—. A ver, se desarrolla en el mismo universo que la versión auténtica, pero es una imitación barata de la de mi época.

Su padre siempre tenía que criticarlo todo. No era capaz de ver algo y disfrutarlo sin más.

—¿Qué pasa, que las pelis buenas son siempre las que veías tú de niño? —dijo Oswald.

—No, siempre no, pero en este caso, sí.

Su padre se estaba enfrascando en lo que sin duda era una de sus cosas preferidas en la vida: una buena discusión.

—Pero los efectos especiales de la versión original son una porquería —dijo Oswald—. Con todas esas marionetas y las máscaras de látex.

—Prefiero una marioneta o una maqueta antes que una imagen generada por computadora —sentenció su padre mientras se recostaba en el sofá y ponía los pies sobre la mesita de centro—. Son demasiado rebuscadas y falsas. No tienen calidez ni textura. Y, además, a ti te encantan las pelis viejas esas de Zendrelix, y los efectos especiales de ésas son horribles.

—Sí, pero ésas las veo para reírme —se defendió Oswald, aunque en realidad creía que Zendrelix gustaba mucho.

Su madre llegó de la cocina con vasitos de helado. No era lo mismo que los barquillos de la heladería, pero tampoco le iban a hacer el feo.

—A ver, si no dejan de discutir de cosas frikis, la próxima peli pienso elegirla yo. Y va a ser una comedia romántica.

Oswald y su padre se callaron de inmediato.

—Justo lo que pensaba —dijo su madre mientras les pasaba sendos vasitos de helado.

Oswald estaba tumbado en la cama dibujando sus animales mecánicos cuando el celular empezó a vibrar sobre la mesita de noche. Sólo había una persona que le escribía mensajes de celular, aparte de sus padres.

—Hola —había escrito Ben en la pantalla.

—Hola, tú —escribió Oswald—. ¿Qué tal el verano?

—Genial. De vacaciones en Myrtle Beach. Es genial. Hay un montón de máquinas de videojuegos y minigolfs.

—Qué envidia —escribió Oswald, y lo decía de verdad: una playa con máquinas de videojuegos y minigolf sonaba muy muy bien.

—Sería genial que estuvieras aquí —escribió Ben.

—Así es.

—¿Qué tal tu verano?

—Bueno —contestó Oswald. Tuvo la tentación de fingir que su verano estaba siendo más divertido de lo que en realidad estaba siendo, pero no podía mentirle a Ben—. Voy todos los días a la biblioteca, y luego como en Jeff's Pizza.

—¿Y ya?

La verdad es que era patético comparado con un viaje familiar a la playa.

—Más o menos, sí.

—Está bien, lo siento —contestó Ben—. Esa pizzería da miedo.

Chatearon un rato más y, aunque Oswald se alegró de saber que Ben le hubiera escrito, también se puso triste al saber que su amigo estaba lejos y pasándosela genial sin él.

El lunes por la mañana, Oswald se levantó de mal humor. Ni siquiera ayudaron los hot cakes de su madre. En el coche, su padre puso la radio demasiado alta. Era una estúpida canción sobre un tractor. Oswald alargó la mano hasta la ruedecita del volumen y lo bajó.

—Eh, oye, el conductor elige la música. Ya lo sabes —le dijo su padre. Volvió a subir la horrenda canción, aún más que antes.

SCOTT CAWTHON - ELLEY COOPER

—Es malísima —opinó Oswald—. Estoy intentando salvarte de ti mismo.

—Bueno, a mí no me gustan las canciones de los videojuegos esos que escuchas tú —dijo su padre—. Pero no me meto en tu cuarto a apagártelas.

—Okey —dijo Oswald—. Pero yo no te obligo a escucharlas.

Su padre bajó el volumen de la radio.

—¿Se puede saber qué te pasa, hijo? No sé qué es lo que te molesta, pero seguro que no es sólo la música *country*.

Oswald no tenía ganas de hablar, pero lo estaban obligando. Y, cuando abrió la boca, se sorprendió al oír las quejas brotando de su boca como la lava de un volcán.

—Estoy cansado de hacer todos los días lo mismo. Ben me escribió ayer. Está en Myrtle Beach pasándosela genial. Quería saber qué hacía yo, y le conté que voy a la biblioteca y a Jeff's Pizza todos los días, y ¿sabes qué me dijo? Me dijo que lo sentía y que esa pizzería da miedo.

Su padre suspiró.

—Siento que no podamos irnos de vacaciones y pasárnosla genial, Oz. No vamos muy bien de dinero. Siento mucho que te afecte. Eres un niño. No deberías tener que preocuparte por el dinero. Espero que me den trabajo de tiempo completo en la tienda en otoño. Eso será de gran ayuda, y si me ascienden a encargado ganaría un dólar y medio más la hora.

Oswald sabía que no debía decir lo que estaba a punto de decir, pero lo hizo de todos modos.

—El padre de Ben ahora tiene un trabajo mejor pagado que el de la fábrica.

Su padre agarró el volante con fuerza.

—Okey, bueno, pero el padre de Ben tuvo que irse a ochocientos kilómetros de aquí para conseguir ese trabajo —su voz sonaba tensa, tan tensa como sus manos sobre el volante, y Oswald sabía que estaba apretando la mandíbula—. Tu madre y yo lo hemos hablado largo y tendido, y al final hemos decidido no mudarnos, porque tu abuela vive aquí y a veces nos necesita. Éste es nuestro hogar, muchacho, y sé que las cosas no son perfectas, pero tenemos que aprovechar al máximo lo que tenemos.

Oswald sintió que iba a cruzar la línea de la protesta, a ganarse un castigo. Pero ¿por qué alguna gente tenía lo mejor y otra tenía que aguantarse con visitas a la biblioteca y pizza barata?

—Por eso todos los días me dejas tirado en la calle como si fuera basura. Si esto es lo mejor que tenemos, no sé qué será lo peor.

—Hijo, ¿no crees que estás exagerando más de la cuenta...?

Oswald no se quedó esperando a oír el resto de la crítica de labios de su padre. Salió del coche cerrando de un portazo.

Su padre arrancó el coche, probablemente contento de librarse de él.

Tal y como esperaba, en la biblioteca todavía no tenían el libro que quería. Hojeó unas revistas de animales exóticos de la selva, que solían gustarle, pero aquel día no le entusiasmaron. Cuando le llegó el turno de usar una computadora, se puso los auriculares y vio unos videos de YouTube, pero tampoco estaba de humor.

A la hora de comer, se sentó en Jeff's Pizza con su porción y su refresco. Todos los días lo mismo: una porción de pizza de queso. Si su padre no fuera tan agarrado, le daría otro dólar para poder pedírsela de *pepperoni* o salchichas. Pero no, tenía que ser de la más barata. Es cierto que no tenían mucho dinero, pero, en serio, ¿acaso se iban a arruinar por un mísero dólar?

Miró a su alrededor y decidió que Ben tenía razón. Jeff's Pizza daba miedo, con las siluetas tapadas de la pared y la alberca de pelotas polvorienta y abandonada. Y, ahora que lo pensaba, Jeff daba bastante miedo también. Parecía que tuviera cien años, pero probablemente rondara los treinta. Con aquellos ojos caídos e inyectados en sangre, su delantal manchado y sus movimientos y palabras lentos, parecía un pizzero zombi.

Oswald pensó en la discusión de aquella mañana con su padre. Pronto le mandaría un mensaje para que saliera y se subiera al coche. Pues aquel día no iba a ser como siempre. Aquel día su padre tendría que entrar por él.

Se le ocurrió el escondite perfecto.

Iba a meterse en la alberca de pelotas.

Aunque daba bastante asco. Era obvio que nadie la había usado desde hacía años: las pelotas de plástico estaban cubiertas de un polvo gris y difuso. Pero esconderse ahí sería una broma genial. Su padre, que se pasaba el día dejándolo y recogiéndolo como si fuera una bolsa de ropa de la tintorería, tendría que bajar del coche y hacer un esfuerzo por una vez. Oswald tampoco se la iba a poner fácil.

Se metió en la alberca y notó que las pelotas se apartaban para dejar espacio a su cuerpo. Movió los brazos y las piernas. Era un poco como nadar, si es que uno puede nadar entre bolas de plástico. Por fin tocó el suelo al fondo. Algunas de las pelotas estaban pegajosas, pero intentó no preguntarse por qué. Si iba a gastarle aquella broma a su padre, tenía que meterse en el papel.

Respiró hondo como si fuera a tirarse a una piscina y se puso de rodillas. Así le llegaban las bolas hasta el cuello. Se echó hacia atrás hasta quedarse sentado y metió la cabeza dentro. Las pelotas se apartaron lo suficiente como para poder respirar, pero estaba oscuro, no veía nada y le entró claustrofobia. Aquel sitio apestaba a polvo y a moho.

«Conjuntivitis —le pareció oír a su madre—. Te puede dar una conjuntivitis.»

El olor empezaba a ser insoportable. El polvo hacía que le picara la nariz. Sintió ganas de estornudar, pero no consiguió mover la mano entre las pelotas lo bastante rápido para llegar hasta la nariz y amortiguarlo. Estornudó tres veces, cada una más fuerte que la anterior.

Oswald no sabía si su padre estaría buscándolo ya, pero si era así, los estornudos provenientes de la alberca de pelotas lo habían delatado. Además, allí estaba demasiado oscuro y daba mucho asco. Tenía que salir para respirar.

SCOTT CAWTHON - ELLEY COOPER

Cuando se incorporó, sus oídos le zumbaron con el pitido de unos aparatos electrónicos y gritos y risas infantiles.

Tardó un rato en acostumbrarse a la claridad después de la oscuridad de la alberca de pelotas; lo rodeaban luces parpadeantes y colores vivos. Miró a su alrededor y murmuró:

—Totó, tengo la sensación de que ya no estamos en Kansas.

Unas máquinas de videojuegos relucientes en hilera cubrían las paredes, con los juegos que le había contado su padre que había en su infancia: Pac-Man, Donkey Kong, Frogger, Q*bert, Galaga. Había una máquina de gancho con luces de neón de la que podías sacar peluches de elfos azules y gatos naranja. A su alrededor, la alberca de pelotas estaba llena de niños que se divertían entre las esferas de colores vivos, ahora incomprensiblemente limpias. Él estaba de pie entre los pequeños como si fuera un gigante. Salió de la alberca y buscó sus zapatos, pero habían desaparecido.

De pie en la alfombra de colores, en calcetines, miró a su alrededor. Había un montón de chicos de su edad y niños más pequeños, pero algo no cuadraba. Todos llevaban el pelo muy bien peinado, y los chicos vestían polos de colores que no se pondría ningún chico de su edad, como rosa o turquesa. Las chicas llevaban el pelo como con crepé, con copetes que les sobresalían de la frente como garras, y camisetas de colores pastel a juego con los zapatos. Los colores, las luces, los sonidos..., todo era una sobrecarga sensorial. Y ¿qué era aquella música?

Oswald miró alrededor tratando de averiguar de dónde salía. Al otro lado de la sala, sobre un pequeño escenario, un trío de animales animatrónicos pestañeaban con sus enormes ojos inexpresivos, abrían y cerraban la boca, y se movían atrás y adelante, sincronizados, al son de una canción repetitiva y desquiciante. Había un oso pardo, un conejo azul con una pajarita roja y una especie de ave hembra. A Oswald le recordaron los animales mecánicos que dibujaba últimamente. La única diferencia era que él nunca sabía si los animales de sus dibujos inspiraban ternura o miedo.

Aquéllos daban miedo.

Aunque, por raro que pareciera, el grupo de niños que rodeaba el escenario no parecía pensar lo mismo. Llevaban gorritos de fiesta con dibujos de los personajes y bailaban, se reían y parecían estar pasándosela en grande.

Cuando Oswald percibió el olor de la pizza, lo entendió.

Seguía en Jeff's Pizza o, más bien, en lo que había sido Jeff's Pizza antes de que lo tomara Jeff. La alberca de pelotas estaba nueva y sin acordonar, los enchufes de la pared tenían conectadas las máquinas de videojuegos y... Se dio media vuelta para mirar la pared de la izquierda. En las siluetas de las sombras que había en la pared de Jeff's Pizza había un mural donde salían los mismos personajes que estaban «actuando» en el escenario: el oso marrón, el conejo azul y la chica pájaro. Debajo de sus caras decía: FREDDY FAZBEAR'S PIZZA.

Oswald sintió que se le helaba la sangre. ¿Cómo había pasado aquello? Sabía dónde estaba, pero no qué época era ni cómo había llegado hasta allí.

Alguien chocó con él; se sobresaltó más de lo normal. Si había notado el contacto físico, es que aquello no era un sueño. No se veía capaz de decidir si era una buena noticia o no.

—Perdona, amigo —dijo el chico. Debía de tener la edad de Oswald y llevaba una polo amarillo claro con el cuello hacia arriba, metida por dentro de unos jeans demasiado grandes. Los tenis blancos que llevaba puestos eran enormes, como unos zapatos de payaso. Saltaba a la vista que había pasado un buen rato peinándose—. ¿Estás bien?

—Sí, tranquilo —contestó Oswald. En realidad no tenía nada claro que lo estuviera, pero no habría sabido por dónde empezar a explicarlo.

—No te había visto nunca —comentó el chico.

—Okey —empezó a decir Oswald, intentando buscar una explicación que no sonara demasiado rara—. Estoy de visita… Me estoy quedando en casa de mi abuela unas semanas. Este sitio está genial, ¿eh? Mira esos juegos antiguos…

—¿«Antiguos»? —exclamó el chico levantando una ceja—. Estás bromeando, ¿no? No sé de dónde eres, pero en Freddy's tienen los juegos más nuevos que hay. Por eso hay tanta cola para jugar.

—Claro, claro, estaba bromeando —lo tranquilizó Oswald, sin saber qué otra cosa decir.

Su padre le había contado que jugaba en aquellas máquinas cuando era pequeño. Unos juegos absurdamente difíciles en los que había malgastado horas y dinero a manos llenas.

—Soy Chip —se presentó el chico mientras se pasaba los dedos por el esponjoso pelo—. Yo y mi colega Mike —dijo señalando a un chico negro alto que llevaba unos lentes enormes y una camisa de rayas anchas rojas y azules— íbamos a jugar Skee-Ball. ¿Quieres venir?

—Okey —contestó Oswald.

Tenía ganas de estar con otros niños, aunque parecieran de otra época. No creía que aquello fuera un sueño, pero sin duda era todo muy raro.

—¿Tienes nombre? —preguntó Mike mirando a Oswald como si fuera un animal extraño.

—Ah, claro. Me llamo Oswald —estaba tan impactado que se había olvidado de presentarse.

Mike le dio una palmada amistosa en la espalda.

—Pues te diré una cosa, Oswald. Soy buenísimo jugando Skee-Ball. No seré demasiado duro contigo, que sé que eres nuevo.

—Se agradece —dijo Oswald.

Los siguió hasta la zona del Skee-Ball. De camino, pasaron junto a un tipo con un disfraz de conejo, una versión en amarillo del animatrónico del escenario. Nadie parecía prestarle atención, así que Oswald no dijo nada. Probablemente fuera un empleado de Freddy Fazbear's disfrazado para entretener a los niños de la fiesta de cumpleaños.

Mike no bromeaba con lo de que era buenísimo en el Skee-Ball. Ganó a Chip y a Oswald tres veces y sin esfuerzo, pero él sabía perder y se pasaron el rato bromeando. Le gustaba sentirse aceptado.

Después de otro par de partidas, Oswald empezó a preocuparse. ¿Qué hora era? ¿Cuánto tiempo llevaba su padre buscándolo? ¿Y cuándo iba a volver a su vida de siempre? Es verdad que pretendía darle un pequeño susto, pero tampoco quería que su pobre padre se preocupara hasta el punto de llamar a la policía.

—Ey, chicos, tengo que irme —dijo Oswald—. Mi abuela… —estuvo a punto de decir «me acaba de mandar un mensaje», pero era consciente de que Chip y Mike no iban a entender nada. Fuera lo que fuera aquello, no había teléfonos celulares—. Mi abuela me recoge ahora dentro de poco.

—Okey, amigo, nos vemos luego —dijo Chip.

Mike asintió y se despidió con la mano.

Oswald se alejó de los chicos y se quedó en un rincón en calcetines, sin saber muy bien qué hacer. Estaba claro que estaba teniendo algún tipo de experiencia mágica, que llegaba tarde y que no tenía sus tenis. Era como una especie de Ceniciento desorientado.

¿Cómo iba a volver? Podía salir por la puerta de Freddy Fazbear's, pero ¿adónde saldría? Quizás encontrara el coche de su padre en la puerta, pero no parecía ser la hora correcta. Ni siquiera la década correcta.

Entonces se le ocurrió. Quizá lo mejor fuera regresar por donde había llegado. En la alberca de pelotas, una madre estaba gritándoles a dos niños pequeños que era hora de irse a casa. Ellos intentaban convencerla de quedarse un ratito más, pero ella puso voz de enfadada y los amenazó con irse a dormir sin cuento aquella noche. En cuanto salieron los niños, Oswald entró en la alberca.

Se metió debajo de las pelotas antes de que nadie viera que había un niño que superaba la altura recomendada en la alberca de pelotas. ¿Cuánto rato tenía que quedarse allí debajo? Se le ocurrió contar hasta cien, y luego se levantó.

Se puso de pie y vio que estaba en la alberca polvorienta y acordonada de Jeff's Pizza. Salió y encontró sus tenis justo donde los había dejado. El celular le vibró en el bolsillo. Lo sacó y leyó el mensaje: «Estoy ahí dentro de 2 min.».

¿No había pasado el tiempo?

Se dirigió hacia la puerta.

—Hasta luego, muchacho —se despidió Jeff detrás de él.

—Qué bien se ve, mamá —dijo Oswald mientras hundía la salchicha con el tenedor.

—Estás de buen humor —su madre le sirvió un waffle en el plato—. Qué diferencia, ayer eras don Enojón.

—Sí —dijo Oswald—, es que se supone que hoy llega mi libro a la biblioteca.

Aquella afirmación era cierta, pero no era la verdadera razón por la que Oswald estaba de buen humor. Pero no podía decirle a su madre la verdad. Si le hubiera dicho «Es que descubrí una alberca de pelotas en Jeff's Pizza con el que puedo viajar en el tiempo», su madre habría tirado los waffles y habría llamado al psicólogo infantil más cercano.

Oswald tomó el libro en la biblioteca, pero estaba demasiado nervioso como para ponerse a leer. Se metió en Jeff's Pizza en cuanto abrió, a las once.

Jeff estaba en la cocina cuando entró, así que fue derecho hasta la alberca de pelotas.

Se quitó los tenis, se metió dentro y se hundió. Como parecía haber funcionado la otra vez, contó hasta cien y se incorporó.

La banda animatrónica estaba «tocando» otra canción repetitiva, aunque los pitidos de las máquinas no permitían oírla demasiado bien. Se paseó por la sala y observó las máquinas de videojuegos, el Whac-A-Mole, las máquinas con lucecitas en las que podías ganar fichas (pero probablemente no) si oprimías el botón en el momento preciso. Los chicos mayores se arremolinaban en torno a las máquinas de videojuegos. Los niños más pequeños trepaban por los columpios de colores. «Conjuntivitis», pensó Oswald, aunque no tenía tiempo para hablar mucho de tanto que se metía en la alberca de pelotas aquellos días.

Todo tenía el mismo aspecto que antes. Incluso había visto un calendario que colgaba en una oficina con la puerta abierta que le había ayudado a ubicar la fecha: 1985.

—¡Mira, es Oswald! —Chip llevaba una polo azul celeste con sus jeans anchos y unos tenis deportivos gigantes. Ni un solo pelo de la cabeza estaba fuera de su sitio.

—Hola, Oz —dijo Mike. Él llevaba una camiseta de *Volver al futuro*—. ¿No te llaman así..., como el mago de Oz?

—Ahora sí —contestó Oz sonriendo.

Había pasado del verano más solitario de su vida a tener dos amigos nuevos, y un mote. Es verdad que parecía haber viajado a mediados de los ochenta, pero ¿tan importantes eran los detalles?

—Oye —dijo Chip—, acabamos de pedir una pizza. ¿Quieres? Pedimos una grande, así que hay de sobra para todos.

Oswald sintió curiosidad por comparar las pizzas de Freddy Fazbear's con las de Jeff's.

—Muy bien, gracias.

De camino a la mesa, pasaron junto al tipo con el traje de conejo amarillo, que estaba de pie en un rincón, inmóvil como una estatua. Chip y Mike, o bien no lo vieron, o bien lo ignoraron, así que Oswald intentó también no hacerle caso. ¿Por qué estaría ahí en un rincón? Si trabajaba en el restaurante, se suponía que no tenía que dar tanto miedo.

En la mesa, una mujer joven con el pelo rubio cardado y sombra de ojos azul les sirvió una pizza grande y una jarra de refresco. Al fondo, la banda de animatrónicos seguía tocando. La pizza era de pepperoni y salchichas con corteza crujiente; no estaba mal el cambio en comparación con las suyas de queso.

—¿Saben? —dijo Mike entre bocados—, cuando era pequeño me encantaba la banda de Freddy Fazbear. Tenía hasta un peluche de Freddy y dormía con él. Ahora miro al escenario y esas cosas me dan escalofríos.

—Es raro, ¿verdad? A veces las cosas que de niño te gustaban luego te dan miedo cuando te haces mayor. —Chip agarró otra porción—. Como los payasos.

SCOTT CAWTHON ~ ELLEY COOPER

—Sí, o las muñecas —dijo Mike mientras masticaba—. A veces miro las muñecas de mi hermana todas en fila en las repisas de su habitación y me parece que me están mirando fijamente.

«O ese tipo del traje de conejo amarillo», pensó Oswald, pero no dijo nada.

Después de devorar la pizza, jugaron un rato al Skee-Ball y Mike les dio otra paliza, pero en buena onda. Oswald no se preocupaba ya por la hora, pues aparentemente el tiempo no pasaba igual allí que en su época. Después del Skee-Ball, jugaron por turnos al air hockey. Oswald resultó ser sorprendentemente bueno e incluso consiguió ganar a Mike una vez.

Cuando empezaron a acabárseles las fichas, Oswald les dio las gracias por compartirlas con él y les dijo que esperaba verlos pronto. Se despidieron y Oswald esperó a un momento en el que no mirara nadie y desapareció en la alberca de pelotas.

Empezó a pasar muchos ratos con Chip y Mike. Aquel día ni siquiera jugaban a nada. Estaban sentados en una mesa bebiendo refrescos y charlando, intentando ignorar la molesta música de los animales animatrónicos en la medida de lo posible.

—¿Saben qué peli me gustó? —preguntó Chip. La polo de aquel día era de color durazno. A Oswald le quedaba genial, pero, en serio, ¿no tenía aquel chico ninguna camisa que no fuera del color de un huevo de Pascua?—. *The eternal song.*

—¿En serio? —exclamó Mike recolocándose los lentes enormes en el puente de la nariz—. ¡Esa película es aburridísima! En serio, pensé que el título era perfecto porque es ¡eterna!

Los tres se echaron a reír, y luego Chip dijo:

—¿A ti te gusta, Oz?

—No la he visto —dijo Oswald.

Solía decir eso cuando estaba con Chip y Mike.

Oswald los escuchaba cuando hablaban de las películas y series que les gustaban. Cuando mencionaban una que no conocía, la buscaba al llegar a casa. Hizo una lista de películas de los ochenta que quería ver y buscó en las guías de los canales de televisión por cable para ver cuáles tenían. Oswald participaba en las conversaciones de Chip y Mike en la medida de sus posibilidades. Era como ser un eterno estudiante de intercambio. A veces tenía que fingir, sonreír y asentir con la cabeza y ser agradable.

—Amigo, tienes que salir más —dijo Mike—. Alguna vez podrías venir conmigo y con Chip al cine.

—Sería genial —contestó Oswald, porque ¿qué otra cosa iba a decir? «No, mira, es que en realidad vengo del futuro, y creo que me es físicamente imposible verlos en cualquier otro sitio que no sea Freddy Fazbear's en 1985.» Pensarían que le estaba gastando una broma a Mike, cuya película preferida era *Volver al futuro*.

—Di una peli que hayas visto que te haya gustado mucho —le pidió Chip a Oswald—. Estoy intentando averiguar tus gustos.

Oswald se quedó en blanco. ¿Qué peli de los ochenta podía decir?

—Eh… ¿E.T.?

—¿E.T.? —Mike dio una palmada en la mesa riéndose—. Pero si E.T. es de hace como tres años. ¡En serio, tienes que salir más! ¿No hay cines en tu pueblo?

«Sí que hay. Y hay Netflix, y PlayStation, y YouTube, y redes sociales», pensó Oswald, pero no lo dijo.

Chip y Mike también hablaban de ciertos aparatos tecnológicos de los que él no tenía la menor idea, como los VHS, los radiocasetes y las cintas. Y tenía que recordarse a sí mismo todo el tiempo no hablar de cosas como teléfonos celulares, *tablets* o internet. Intentaba no ponerse camisetas con personajes y referencias que pudieran confundirlos, a ellos o al resto de los clientes de Freddy Fazbear's en 1985.

—Sí, está claro que tenemos que actualizarte un poco —dijo Chip.

«Si yo te contara», pensó Oswald.

—Eh, ¿quieren jugar algo? —preguntó Mike—. Siento que el Skee-Ball me llama, pero prometo no darles una paliza.

Chip se echó a reír.

—No, qué va. Nos vas a reventar.

—Vayan ustedes —dijo Oswald—. Yo creo que me voy a quedar en la mesa.

—¿A qué, a ver el concierto? —preguntó Mike señalando a los espeluznantes personajes del escenario—. ¿Te pasa algo? Si acabas de decir que te gusta la música de Freddy Fazbear, tenemos que hacer algo.

—No, no me pasa nada —dijo Oswald, pero en realidad sí que le pasaba algo.

Durante sus visitas al Freddy Fazbear's de 1985 no se había detenido a pensar que estaba aprovechándose de la generosidad de Chip y Mike, porque él nunca tenía dinero. Y es que, a pesar de estar sin un centavo en su línea temporal, ¿serviría el dinero que trajera del presente a 1985? Era bastante triste no tener una moneda en dos décadas distintas.

Al cabo de un rato, dijo:

—Es que siento que siempre estoy gorroneándolos, porque nunca tengo dinero.

—Eh, amigo, no pasa nada —dijo Chip—. Ni nos habíamos detenido a pensarlo.

—Qué va —coincidió Mike—. Supusimos que tu abuela no te daba dinero. Por lo menos a mí, mi abuela no me da nada a menos que sea mi cumpleaños.

Eran muy amables, pero Oswald seguía sintiéndose avergonzado. Si habían hablado de que él no tenía dinero era porque se habían fijado.

—¿Qué les parece si me quedo mirando mientras ustedes juegan? —dijo Oswald.

Cuando se levantó, notó un peso extraño en los bolsillos. Había algo dentro que pesaba tanto que parecía que se le iban a caer los jeans. Se metió las manos y sacó dos puñados de fichas de juego de Freddy Fazbear's de 1985. Sacó un puñado tras otro y los fue dejando sobre la mesa.

—También podemos jugar con esto —dijo. No tenía ni idea de cómo explicar aquello, parecía cosa de ma-

gia—. Se me había olvidado que llevaba estos pantalo-
nes… donde tenía todas las fichas.

Chip y Mike parecían algo desconcertados, pero
sonrieron y empezaron a meter las fichas de la mesa
en vasos de cartón vacíos.

Oswald hizo lo propio. Decidió dejarse llevar. No
sabía cómo habían llegado hasta allí las fichas, pero,
bueno, tampoco sabía cómo había llegado él mismo
hasta allí.

Una mañana, mientras su padre lo llevaba a la biblioteca, Oswald le preguntó:

—Papá, ¿cuántos años tenías tú en 1985?

—Un par más que tú ahora —contestó su padre—.
Y, aparte del beisbol, lo único que me obsesionaba era
conseguir monedas para gastar en las máquinas de videojuegos. ¿Por qué me lo preguntas?

—No, por nada —repuso Oswald—. Es sólo porque he estado investigando. Jeff's Pizza…, antes de
ser Jeff's Pizza, era una especie de área de máquinas
de videojuegos, ¿no?

—Sí —notó un dejo extraño en la voz de su padre,
puede que incluso nervioso. Se quedó callado un rato
y luego añadió—: Pero cerró.

—Como todo en este pueblo —dijo Oswald.

—Sí, la verdad es que sí —apostilló su padre mientras frenaba delante de la biblioteca.

Quizá fueran imaginaciones suyas, pero a Oswald
le pareció que su padre ponía cara de alivio por haber
llegado y no tener que contestar más preguntas.

A las once en punto, Oswald se fue a Jeff's Pizza, como de costumbre. No vio a Jeff por ninguna parte, así que se dirigió hacia la alberca de pelotas. Después de contar hasta cien, se puso de pie. Oyó ruidos, pero no los típicos de Freddy Fazbear's aquellos días atrás. Gritos. Niños llorando. Chillidos de auxilio. Gente corriendo. Caos.

¿Estarían allí Chip y Mike? ¿Estarían bien? ¿Estaría bien todo el mundo?

Tenía miedo. Una parte de él quería volver a meterse en la alberca, pero estaba preocupado por sus amigos. Además, lo mataba la curiosidad por saber qué ocurría, aunque sabía que, fuera lo que fuera, era algo horrible.

No corría peligro, se dijo, porque aquello era el pasado, una época anterior a que él hubiera nacido. Su vida no podía correr peligro antes de nacer, ¿no?

Con el estómago encogido, se desplazó entre la muchedumbre; vio madres llorando y corriendo con sus hijos en brazos y padres agarrando a otros niños de la mano y conduciéndolos hacia la salida con cara de espanto.

—¿Chip? ¿Mike? —los llamó, pero sus amigos no estaban por ninguna parte.

Oswald caminó en dirección contraria a la gente con una sensación creciente de terror.

Delante de él estaba el hombre del disfraz de conejo amarillo…, si es que allí dentro había un hombre. El conejo abrió una puerta donde decía PRIVADO y entró.

Oswald lo siguió.

El pasillo era largo y oscuro. El conejo lo miró con ojos inexpresivos y una sonrisa inmutable, y luego siguió caminando. Oswald no estaba persiguiendo al conejo, sino que estaba dejando que lo guiara, como si estuviera en una versión terrorífica de *Alicia en el país de las maravillas*, siguiéndolo hasta su madriguera.

El conejo se detuvo delante de una puerta donde decía SALA DE FIESTAS y le hizo un gesto para que entrara. Oswald estaba temblando de miedo, pero tenía demasiada curiosidad para decir que no. «Además —pensó—, no puedes hacerme daño. Ni siquiera he nacido.»

Una vez dentro de la sala, Oswald tardó unos segundos en darse cuenta de lo que estaba viendo, y unos cuantos más en procesarlo.

Estaban todos dispuestos en fila contra la pared, que tenía dibujos de las mascotas del restaurante: el oso sonriente, el conejo azul y la chica pájaro. Media docena de niños, ninguno mayor que Oswald, yacían sentados, sin vida, con la espalda apoyada en la pared y las piernas estiradas. Algunos tenían los ojos cerrados como si estuvieran dormidos. Otros los tenían abiertos, congelados en una mirada vacía, como si fueran muñecos.

Todos llevaban gorros de fiesta de Freddy Fazbear.

Oswald no sabía cómo habían muerto, pero sabía que el conejo era el responsable, que el conejo quería enseñarle su obra. Quizá quisiera que Oswald fuera su próxima víctima, que se uniera a la hilera de niños apoyados en la pared con los ojos vidriosos.

Oswald gritó. El conejo amarillo se abalanzó sobre él, pero salió corriendo de la sala y enfiló el pasillo oscuro. A lo mejor el conejo sí podía hacerle daño, o a lo mejor no. Oswald no quería averiguarlo.

Atravesó el área de máquinas de videojuegos vacía y se dirigió hacia la alberca de pelotas. Afuera, las sirenas de policía ululaban a coro con sus propios gritos. El conejo lo perseguía tan de cerca que le rozó la espalda con una pata peluda.

Oswald se zambulló en la alberca. Contó hasta cien lo más deprisa que pudo.

Cuando se puso de pie, lo primero que oyó fue la voz de Jeff.

—¡Ahí está ese pequeño granuja!

Oswald se dio la vuelta y vio a su padre avanzando a zancadas hacia él mientras Jeff miraba. Su padre parecía furioso, y Jeff tampoco parecía muy contento..., aunque tampoco es que normalmente fuera el más alegre.

Oswald estaba paralizado, demasiado impactado como para moverse.

—¿En qué estabas pensando para esconderte en ese rincón lleno de porquería? —gritó su padre—. ¿No me oíste llamándote?

Una vez que Oswald hubo salido de la alberca de pelotas, su padre se agachó para inspeccionarlo.

—Pero mira lo sucísimo que está esto. Verás tu madre...

Unos brazos amarillos salieron de entre las pelotas y jalaron a su padre.

El forcejeo habría parecido de película de dibujos de no haber sido tan aterrador. Los pies de su padre, enfundados en sus botas cafés, daban patadas al aire y

luego desaparecían para dar paso a un par de pies amarillos peludos, que también se desvanecían al momento. Las pelotas de la alberca se agitaban como un mar
embravecido, y luego se quedaron quietas. El conejo
amarillo salió de la alberca, se ajustó la corbata de moño
morada, se pasó la mano por la frente y se giró hacia
Oswald, sonriendo.

El chico retrocedió, pero el conejo ya estaba a su
lado con el brazo por encima de sus hombros y lo condujo hacia la salida.

Oswald miró a Jeff, que estaba detrás del mostrador.
¿Lo ayudaría? Pero el tipo tenía la misma expresión
alicaída de siempre y se limitó a decir:

—Hasta luego, chicos.

¿Cómo podía actuar Jeff, o cualquiera, como si nada?

El conejo lo condujo afuera, abrió la portezuela del
acompañante del coche de su padre y empujó adentro a
Oswald.

Oswald observó cómo se abrochaba el cinturón de
seguridad y ponía en marcha el coche. Intentó abrir la
puerta, pero el conejo había activado el seguro automático desde el lugar del conductor.

El conejo tenía la boca congelada en un rictus sonriente y la mirada inexpresiva.

Oswald volvió a pulsar el botón del seguro, aunque
sabía que no iba a funcionar.

—Espera —dijo Oswald—. ¿Cómo puedes hacer
esto? ¿Sabes conducir?

El conejo no dijo nada, accionó la palanca de veloci-
dades y enfiló la calle. Se paró en un semáforo en rojo;
debía de conocer las normas de tráfico básicas.

—¿Qué hiciste con mi padre? ¿Adónde me llevas?

Oswald podía oír el pánico en su voz. Quería parecer fuerte y valiente, como si pudiera defenderse, pero en lugar de eso sonaba asustado y confundido. Y es que lo estaba.

El conejo no dijo nada.

El coche giró a la derecha y luego a la izquierda; se adentró en el barrio de Oswald.

—¿Cómo sabes dónde vivo? —le preguntó Oswald.

Sin hablar, el conejo accedió al camino de entrada de la casa familiar.

«Correré —pensó Oswald—. En cuanto la cosa esta desbloquee el seguro, correré a casa de un vecino y llamaré a la policía en cuanto esté dentro, a salvo.» El seguro se desbloqueó y él salió del coche de un salto.

No supo cómo, el conejo de pronto estaba delante de él. Lo agarró del brazo. Oswald intentó zafarse, pero tenía demasiada fuerza. Lo arrastró hasta la puerta y le arrancó la cadena que llevaba al cuello con las llaves de casa. Metió la llave en la cerradura y empujó al chico dentro. Luego se quedó de pie en el umbral, bloqueando la salida.

Jinx vino hasta la estancia, miró al conejo, arqueó el lomo, estiró la cola y bufó como si fuera un gato en un adorno de Halloween. Oswald nunca la había visto asustarse ni bufarle a nadie antes; la observó mientras daba media vuelta y salía huyendo por el pasillo. Si Jinx se había dado cuenta de que la cosa pintaba fea es porque así era.

—No puedes hacer esto —le dijo Oswald al conejo entre lágrimas. No quería llorar. Quería ser fuerte, pero no podía evitarlo—. Esto… ¡esto es un secuestro! Mi madre llegará pronto a casa y llamará a la policía.

Era mentira, claro. Su madre no llegaría a casa hasta pasada la medianoche. ¿Seguiría vivo para entonces? ¿Seguiría vivo su padre ahora?

Sabía que el conejo lo atraparía si intentaba huir por la puerta de atrás.

—Me voy a mi cuarto, ¿de acuerdo? No voy a escaparme. Sólo voy a mi habitación.

Retrocedió y el conejo lo dejó tranquilo. En cuanto entró en su habitación, cerró de un portazo y echó el pestillo. Respiró hondo e intentó pensar. Su cuarto tenía una ventana, pero estaba muy alta y era muy pequeña para salir por ella. Debajo de la cama, Jinx dejó escapar un gruñido.

Oswald oyó al conejo al otro lado de la puerta. Si llamaba por teléfono, lo iba a oír. Pero podía mandar un mensaje.

Sacó el celular y tecleó con manos temblorosas: «¡Mamá, emergencia! Pasó algo con papá. Ven a casa».

Oswald sabía que no iba a venir a casa inmediatamente. Como trabajaba en urgencias médicas, a veces pasaba mucho tiempo sin mirar el teléfono. Si Oswald tenía una emergencia, tenía que avisar a su padre. Pero obviamente eso ahora no era posible.

Pasó una hora lentísima hasta que el teléfono de Oswald vibró. Por miedo a que el conejo estuviera escuchando al otro lado de la puerta cerrada, contestó sin decir nada.

—Oswald, ¿qué pasa? —su madre parecía aterrorizada—. ¿Tengo que llamar a la policía?

—No puedo hablar —susurró Oswald.

—Estoy de camino, ¿de acuerdo?

Colgó.

Los quince minutos siguientes pasaron mucho más lentos de lo que a Oswald le parecía posible. Luego alguien llamó a la puerta de la habitación.

Oswald dio un brinco y el corazón se le puso a mil por hora.

—¿Quién es?

—Soy yo —dijo su madre con voz exasperada—. Abre la puerta.

Él abrió una rendija para asegurarse de que era ella de verdad. Cuando la dejó entrar, volvió a echar el pestillo.

—Oswald, tienes que decirme qué está pasando.

Su madre tenía el ceño fruncido de la preocupación.

¿Por dónde empezar? ¿Cómo iba a explicarle todo aquello sin que pareciera que estaba loco?

—Es papá. No…, no está bien. Ni siquiera sé dónde está…

Su madre le puso las manos sobre los hombros.

—Oswald, acabo de ver a tu padre. Está tumbado en nuestra cama viendo la tele. Te hizo empanada de pollo para cenar. Está en la cocina.

—¿Cómo? No tengo hambre —intentó comprender lo que acababa de decirle—. ¿Viste a papá?

Su madre asintió. Lo miraba como si fuera uno de sus pacientes, en lugar de su hijo; lo observaba como si intentara averiguar qué le pasaba.

—¿Y está bien?

Volvió a asentir.

—Está bien, pero yo estoy preocupada por ti.

Le puso la mano en la frente para comprobar si tenía fiebre.

—Estoy bien —dijo Oswald—. Bueno, si papá está bien, yo estoy bien. Es que… no parecía estar bien.

—Creo que te vendrá bien que empiece la escuela. Estás pasando demasiado tiempo solo.

¿Qué podía decir? ¿Que en realidad había pasado mucho tiempo con sus nuevos amigos en 1985?

—Sí, puede ser. Creo que debería irme a dormir. Mañana madrugo.

—Sí, me parece buena idea —dijo su madre. Tomó su cara con las manos y lo miró a los ojos—. Y una cosa: si vas a escribirme mientras estoy trabajando, asegúrate de que sea una emergencia de verdad. Me asustaste.

—Creía que era una emergencia de verdad. Lo siento.

—No pasa nada, cariño. Descansa, ¿okey?

—Okey.

Cuando su madre se hubo ido, Oswald miró debajo de la cama. Jinx seguía allí hecha una bola, como si intentara hacerse todo lo pequeña e invisible que pudiera, con los ojos muy abiertos y aterrorizados.

—No pasa nada, Jinxie —la tranquilizó Oswald, metiendo la mano debajo de la cama para intentar acariciarla—. Mamá dice que está todo bien. Puedes salir.

La gata no se movió.

Oswald se tumbó despierto en la cama. Si su madre decía que su padre estaba allí y que estaba bien, sería verdad. ¿Por qué iba a mentir?

Pero Oswald tenía muy claro lo que había visto él.

Había visto cómo esa cosa amarilla, como había empezado a llamarla en su cabeza, arrastraba a su padre dentro de la alberca de pelotas. La había visto saliendo del parque, había notado cómo le agarraba del brazo y que se había sentado a su lado en el coche.

¿O no? Si su madre decía que su padre estaba en casa y estaba bien, sería así. Oswald confiaba en su madre. Pero si su padre estaba bien, entonces él no había visto lo que creía que había visto. Y eso significaba que se estaba volviendo loco.

Tras unas pocas horas de sueño intermitente, Oswald se despertó oliendo a tocino frito y pan tostado. Le sonaron las tripas, lo que le recordó que no había cenado la noche anterior.

Todo parecía normal. Quizá lo del día anterior no había sido más que una pesadilla y tenía que intentar dejarlo pasar. Un nuevo curso, un nuevo comienzo.

Pasó por el baño y luego fue a la cocina.

—¿Te encuentras mejor? —le preguntó su madre.

Allí estaba, con el pelo recogido en una coleta y con su bata rosa de felpa, haciéndole el desayuno como siempre. Aquello hizo que Oswald se sintiera tremendamente aliviado.

—Sí —contestó—. Y tengo mucha hambre.

—Ah, pues eso puedo solucionarlo —dijo ella. Le sirvió un plato con dos rebanadas de pan tostado con tocino y un vaso de jugo de naranja.

Oswald acabó con la primera rebanada de pan tostado en tres bocados enormes.

La cosa amarilla entró en la cocina y se sentó a la mesa frente a él.

—Eh... ¿Mamá?

El corazón de Oswald le latía a toda velocidad dentro del pecho. El pan tostado con tocino le cayó como una piedra en el estómago.

—¿Qué pasa, cariño?

Estaba de espaldas manipulando la cafetera.

—¿Dónde está papá?

Se dio la vuelta con el bote de café en la mano.

—¡Oswald, tu padre está sentado frente a ti! Si esto es algún tipo de broma pesada, para ya porque ha dejado de tener gracia.

Sirvió una taza de café y la dejó delante de la cosa amarilla, que no desvió la mirada perdida ni alteró su sonrisa inmutable.

Oswald sabía que no iba a conseguir nada. O estaba loco él, o lo estaba su madre.

—Okey, okey. Paro. Lo siento. ¿Puedo levantarme para prepararme para ir a clase?

—Claro —contestó su madre, pero le dirigió una mirada de extrañeza.

Oswald se fue al baño a cepillarse los dientes y luego a su cuarto por la mochila. Miró debajo de la cama y vio a Jinx escondida.

—Bueno, por lo menos alguien más en esta familia tiene algo de sentido común —dijo.

Cuando volvió a la cocina, la cosa amarilla estaba de pie junto a la puerta con las llaves del coche en la pata.

—Eh... ¿Papá va a llevarme a la escuela? —preguntó Oswald.

No creía que pudiera soportar volver a sentarse en el coche con esa cosa otra vez, rezando por que estuviera viendo de verdad la carretera con sus ojos vacíos.

—Como siempre, ¿no? —dijo su madre. Su voz sonaba preocupada—. Que tengas un buen día.

Al ver que no le quedaba otra opción, Oswald se subió al coche con la cosa amarilla. Una vez más, ésta activó el seguro automático desde el asiento del conductor. Salió en reversa del camino de entrada y pasó junto a un vecino que iba corriendo, que le saludó con la mano como si fuera su padre.

—No entiendo nada —dijo Oswald al borde de las lágrimas—. ¿Eres real? ¿Esto está pasando de verdad? ¿Me estoy volviendo loco?

La cosa amarilla no contestó, sino que se limitó a mirar al frente.

Cuando paró el coche delante de la escuela Westbrook, el policía de tránsito y los niños que había en la acera no parecieron reparar en el hecho de que hubiera un conejo amarillo gigante al volante del coche.

—Oye —le dijo Oswald antes de bajarse—, no hace falta que vengas a buscarme esta tarde. Tomaré el autobús.

El autobús escolar era una cosa grande y amarilla que sí podía controlar.

Como si fuera algún tipo de ley cósmica, la primera persona a la que Oswald vio en el pasillo fue Dylan, su acosador.

—Vaya, vaya, si es Oswald el oc…

—Ignórame, Dylan —lo cortó Oswald, empujándolo al pasar—. Hoy tengo problemas más grandes que tú.

Le resultó imposible concentrarse en clase. Oswald era un buen estudiante, pero ¿cómo iba a centrarse si su vida y posiblemente su cordura se estaban yendo a pique? A lo mejor debería hablar con alguien, el psicólogo de la escuela o un agente de policía. Pero sabía que cualquier cosa que saliera de su boca parecería una locura peligrosa. ¿Cómo iba a convencer a un policía de que su padre había desaparecido si todo el mundo que miraba a la cosa amarilla veía a su padre?

Nadie iba a ayudarle. Oswald tendría que arreglárselas para solucionar aquello él solo.

En el recreo, se sentó en una banca del patio, agradecido de no tener que fingir que escuchaba a un profesor y poder pensar tranquilo. No podía creer que su vida hubiera dado aquel giro tan extraño. La cosa amarilla parecía creer que era su padre. Aquello ya era raro, de acuerdo, pero ¿por qué todo el mundo pensaba también que era su padre?

—¿Te importa que me siente aquí?

Era una chica a la que Oswald no había visto nunca. Tenía el pelo negro y rizado, y los ojos grandes y cafés, y llevaba un libro gordo.

—Claro, sin problema —le dijo Oswald.

La chica se sentó en el extremo opuesto de la banca y abrió el libro. Oswald siguió ensimismado en sus confusos pensamientos.

—¿Llevas mucho tiempo en esta escuela? —le preguntó la chica unos minutos después.

No miró a Oswald al hablar; siguió con la mirada fija en las páginas del libro. Oswald se preguntó si es que sería muy tímida.

—Desde el kínder —dijo Oswald, y luego, como no se le ocurría qué otra cosa decir, le preguntó—: ¿Qué lees?

—Mitología griega —contestó—. Historias de héroes. ¿Has leído mucha mitología?

—No, no mucha —dijo él, sintiéndose estúpido. No quería parecer un chico que no leía. Desesperado, añadió—: Aunque me encanta leer —aquello le hizo sentirse más estúpido todavía.

—A mí también —dijo la chica—. Creo que he leído este libro como diez veces. Es un libro que me ayuda mucho. Lo leo cuando necesito ser valiente.

La palabra «valiente» atravesó a Oswald. Él también necesitaba ser valiente.

—¿Por qué?

—Pues porque los héroes griegos son súper valientes. Siempre están enfrentándose a algún monstruo enorme, como el Minotauro o la Hidra. Me hace recuperar la perspectiva, ¿sabes? Da igual lo graves que me parezcan mis problemas, al menos no tengo que pelear con ningún monstruo.

—Ya —dijo Oswald, aunque él estaba intentando averiguar cómo pelear con un monstruo, uno amarillo y de largas orejas, en su propia casa. Pero no podía contarle nada a la chica; pensaría que estaba loco y se levantaría de la banca a toda velocidad—. Entonces lees ese libro cuando necesitas ser valiente —le sorprendió estar manteniendo aquella conversación mientras su mente iba a toda velocidad. Por alguna razón, era fácil hablar con ella—. Sé que no es asunto mío, pero me pregunto por qué necesitas ser... valiente.

Ella sonrió con timidez.

—Es mi primer día en una escuela y el tercero en una ciudad nueva. Todavía no conozco a nadie.

—Claro que sí —repuso, ofreciéndole la mano—. Me llamo Oswald.

No sabía por qué pretendía estrecharle la mano como si fuera un hombre de negocios, pero le pareció que era lo adecuado.

Ella estiró la suya y le dio un apretón de manos sorprendentemente firme.

—Yo soy Gabrielle.

No sabía por qué, pero aquella conversación era la que Oswald necesitaba.

Volvió a casa en autobús. Cuando entró, la cosa amarilla estaba pasando la aspiradora por la estancia.

No le hizo preguntas. Tampoco iba a darle ninguna respuesta y, además, si quería que su plan funcionara, tenía que actuar como si todo fuera normal. Y, como cualquiera que lo hubiera visto en la obra de fin de curso, no era lo que se dice un gran actor.

Así que hizo lo que se suponía que habría hecho en su vida normal, cuando su padre de verdad pasaba la aspiradora por la sala y el comedor. Sacó el plumero del armario de los artículos de limpieza y lo pasó por la mesa de centro, por las mesitas y por las lámparas. Vació el bote de basura y ahuecó los cojines del sofá. Luego se fue a la cocina y sacó la basura normal y la de reciclar. Cuando estaba afuera, sintió la tentación de salir corriendo, pero sabía que huir no era la solución.

Si todo el mundo veía a la cosa amarilla como su padre, nadie iba a ayudarlo.

La cosa lo atraparía.

Volvió a entrar.

Una vez terminadas sus labores, pasó al lado de la cosa amarilla.

—Voy a descansar un rato antes de cenar —le dijo, aunque la sola posibilidad de descansar le resultaba inconcebible.

Se fue a su cuarto, pero no cerró la puerta. En lugar de eso, se descalzó, se tiró en la cama y empezó a dibujar en su cuaderno. No quería dibujar animales mecánicos, pero sólo le salía eso. Cerró el cuaderno y empezó a leer un manga, o a fingir que lo hacía. Normal. El plan sólo podía salir bien si actuaba como si todo fuera normal.

Cuando el conejo apareció en el umbral de la puerta, se las ingenió para no gritar. Le hizo señas con el dedo, igual que cuando lo había guiado hasta la sala de los asesinatos en Freddy Fazbear's; Oswald lo siguió hasta la cocina. En la mesa había una de las pizzas de la tienda que su padre guardaba en el congelador, recién sacada del horno, así como dos vasos de su jugo de frutas favorito. La pizza ya estaba cortada, y eso lo alivió, porque Oswald no sabía qué habría hecho si hubiera visto a la cosa aquella con un cuchillo en la mano. Probablemente, salir disparado a la calle. Oswald se sentó a la mesa y se sirvió una porción de pizza. No tenía mucha hambre, pero sabía que no podía hacer nada que denotara que algo no iba bien. Le dio un mordisco a la pizza y un sorbo al jugo.

—¿No vas a comer nada…, papá? —preguntó.

Se le hizo muy difícil llamar «papá» a la cosa, pero lo consiguió.

La cosa amarilla siguió sentada en silencio frente a él, sin parpadear, sin quitarse aquella sonrisa de la cara y sin tocar la porción de pizza que tenía en el plato, junto a un vaso de jugo intacto.

¿Acaso podría comer?, se preguntó Oswald. ¿Lo necesitaría? Y es que ¿qué era? Al principio pensaba que era un hombre dentro de un traje, pero ya no lo tenía tan claro. ¿Sería un tipo de animatrónico muy sofisticado o un conejo gigante de carne y hueso? No sabía cuál de las dos opciones le resultaba más perturbadora.

Haciendo un esfuerzo, se terminó la pizza y el vaso de jugo.

—Gracias por la cena, papá —dijo—. Me voy a tomar un vaso de leche y a hacer la tarea.

La cosa amarilla no se movió.

Oswald fue hasta el refrigerador. Comprobó que la cosa amarilla no estaba mirando y echó un poco de leche en un tazón. Una vez en su habitación, no cerró la puerta ni echó el pestillo, pues era algo que no haría si estuviera en casa con su padre. Normal. Todo normal para no despertar sospechas.

Deslizó el tazón de leche debajo de la cama, donde Jinx seguía escondida.

—Todo va a salir bien, pequeña —le susurró.

Esperaba tener razón.

Se sentó en la cama y, unos minutos después, oyó a Jinx tomándose la leche. Sabía que, por muy asustada que estuviera, nunca decía que no a un lácteo. Hizo un vago intento de estudiar, pero no podía concentrarse. Sólo podía pensar en su padre. La cosa amarilla lo había arrastrado a la alberca de pelotas y lo había metido debajo de la superficie. ¿Significaba eso que su padre estaba en Freddy Fazbear's en 1985, en lel área de máquinas de videojuegos donde jugaba de niño? Ésa era la explicación más plausible, a menos que la cosa amarilla lo hubiera matado…

No. No podía permitirse pensar eso. Su padre estaba vivo. Tenía que estar vivo. La única forma de averiguarlo era volver a la alberca de pelotas.

Pero primero tendría que salir de casa sin que la cosa amarilla se diera cuenta.

Oswald esperó a que se hiciera de noche, y luego aguardó un poco más. Por fin, agarró sus tenis y salió de puntitas de su habitación, en calcetines. La puerta del cuarto de sus padres estaba abierta. Echó un vistazo rápido adentro mientras pasaba por delante. La cosa amarilla estaba tumbada bocarriba en la cama de matrimonio. Parecía mirar fijamente al techo.

O a lo mejor no miraba. Tal vez estuviera dormida. No podía saberse, como no cerraba los ojos… ¿Necesitaría dormir?

Conteniendo la respiración, dejó atrás el cuarto de sus padres y entró de puntitas en la cocina. Si la cosa amarilla lo sorprendía, podía decir que había ido a beber agua. La cocina era la mejor escapatoria. La puerta hacía menos ruido que la principal.

Se calzó y empujó la puerta despacio, centímetro a centímetro. Cuando la abertura fue lo suficientemente grande, se coló por ella y cerró con cuidado.

Echó a correr. Cruzó el barrio a la carrera, dejando atrás a varios vecinos que paseaban al perro y a niños en bici. Algunos miraron a Oswald con extrañeza, aunque él no entendía por qué. En el barrio siempre había gente corriendo.

Pero entonces se dio cuenta de que no corría como si estuviera haciendo ejercicio. Corría como si algo lo persiguiera. Y es que quizás así fuera.

Jeff's Pizza estaba lejos a pie; no podría mantener aquel ritmo todo el camino. Cuando hubo salido de su barrio, dejó de correr y fue dando un rodeo, en lugar de tomar el camino más directo: así sería más difícil seguirlo.

Tenía miedo de que Jeff's Pizza ya estuviera cerrado, pero cuando llegó, sudando y sin aliento, el letrero de neón donde decía ABIERTO seguía encendido. Jeff estaba adentro, en el mostrador, viendo un partido de futbol en la tele; por lo demás, el restaurante estaba vacío.

—Por las noches sólo servimos pizzas enteras. No tengo porciones sueltas —le anunció Jeff en su tono de siempre.

Parecía estar agotado, también como siempre.

—Ya, ya, sólo quería un refresco para llevar —le dijo Oswald mientras miraba de reojo a la alberca de pelotas acordonada.

Jeff pareció un poco sorprendido.

—Está bien, déjame que saque una cosa del horno y te lo pongo. De naranja, ¿verdad?

—Sí. Gracias.

En cuanto Jeff se metió en la cocina, Oswald corrió hasta el rincón del fondo del restaurante y se zambulló en la alberca de pelotas.

Al meterse bajo la superficie, le inundó la nariz aquel familiar olor a moho. Se sentó en el suelo. Contó hasta cien, como siempre, aunque no estaba seguro de que eso sirviera para llevarlo al Freddy Fazbear's de 1985. Se movió y notó algo sólido contra la parte baja de la espalda.

Un zapato. Parecía la suela de un zapato. Tanteó a ciegas y lo agarró. Era una bota, una bota de trabajo con puntera metálica como las que usaba su padre para trabajar en la fábrica, y que ahora llevaba también en el Snack Space. Subió un poco la mano. ¡Un tobillo! Un tobillo con un calcetín grueso como los que le gustaban a su padre. Se desplazó a gatas por el suelo de la alberca de pelotas. La cara. Tenía que palparle la cara. Si era una cabeza amarilla y peluda como la de la cosa amarilla, gritaría hasta quedarse afónico. Pero tenía que averiguarlo.

Su mano se topó con un hombro. La desplazó hasta el pecho y se encontró con el tejido barato de una camiseta blanca. Subió la mano temblando. Palpó una cara humana, sin lugar a dudas. Piel y barba incipiente. Un rostro de hombre. ¿Era su padre? ¿Y estaba...?

Tenía que estar vivo. Tenía que estarlo.

Oswald había visto series en las que la gente que corría peligro desarrollaba de repente una fuerza insólita y podía levantar la parte delantera de un coche o de un tractor. Ése era el tipo de fuerza que Oswald necesitaba conjurar. Su padre no era muy corpulento, pero era un hombre, y pesaba por lo menos el doble que él. Pero, si quería salvarlo, tenía que moverlo.

Si es que aquél era su padre. Si es que no era todo alguna clase de broma cruel orquestada por la cosa amarilla para atraparlo. Oswald no podía permitirse pensar aquellas cosas, no si quería hacer lo que tenía que hacer.

Se colocó detrás de la persona, le pasó los brazos por las axilas y jaló. Nada. «Peso muerto —pensó Oswald—. No, muerto no, por favor… Muerto no.»

Volvió a jalar, esta vez con más fuerza, haciendo un ruido a medio camino entre un gruñido y un rugido. Esta vez el cuerpo se movió. Oswald jaló una vez más, se puso de pie y consiguió sacar la cabeza y los hombros de la persona a la superficie. Era su padre: estaba pálido e inconsciente, pero respiraba, estaba claro que respiraba. No estaban en Freddy Fazbear's en 1985, sino en el extraño y presente Jeff's Pizza.

¿Cómo iba a sacarlo Oswald de allí? Podía llamar a su madre. Ella era enfermera, sabría qué hacer. Pero ¿y si pensaba que estaba loco o que estaba mintiendo? Se sentía como en Pedro y el lobo. O más bien como en Pedro y el conejo…

Lo percibió antes de verlo. La presencia detrás de él, la sensación de que algo se inmiscuía en su espacio personal. Antes de darse la vuelta, un par de brazos peludos y amarillos lo rodearon en un abrazo aterrador.

Consiguió liberar el brazo derecho lo suficiente para darle un codazo a la cosa amarilla en el costado. Se zafó de ella, pero bloqueaba la salida de la alberca de pelotas. No conseguiría salir él solo, ni mucho menos con su pobre padre inconsciente a rastras.

Sin detenerse a pensar, Oswald embistió al conejo con la cabeza por delante. Si conseguía al menos hacerle perder el equilibro o tirarlo a la alberca, quizá podría mandarlo a Freddy Fazbear's de 1985 y ganar algo de tiempo para huir.

Embistió a la cosa amarilla y la lanzó a la red que rodeaba la alberca de pelotas. La cosa se tambaleó un poco, se enderezó y, con los brazos estirados, se abalanzó sobre él con tanta fuerza que lo empotró contra la pared. Con sus ojos inertes, como siempre, abrió la boca y reveló dos hileras de colmillos afilados como cimitarras. Con las fauces abiertas hasta límites imposibles, se lanzó al cuello de Oswald, pero éste lo bloqueó con el brazo.

El dolor atravesó el antebrazo de Oswald cuando la cosa amarilla hundió los dientes en su piel.

Oswald le dio un fuerte puñetazo en la cara con el brazo suelto antes de que le clavara los colmillos demasiado profundamente. Colmillos. ¿Qué clase de conejo tenía colmillos?

Las fauces de la cosa se aflojaron, pero Oswald no tuvo tiempo de comprobar los daños, porque ya se estaba abalanzando sobre su padre con la boca abierta, como una serpiente a punto de engullir a una presa indefensa.

Los dientes estaban teñidos de rojo por la sangre de Oswald.

El chico le dio otro codazo para apartarlo hacia un lado y se deslizó entre él y su padre, que seguía inconsciente.

—¡Deja… a mi padre… EN PAZ! —gritó, y luego se apoyó en la red para tomar impulso y encaramarse a la espalda de la cosa amarilla.

Empezó a darle puñetazos en la cabeza y le arañó los ojos, que no parecían los de un ser vivo. El conejo se cayó sobre la red y agarró a Oswald por los brazos, se lo quitó de encima y lo lanzó a la alberca de pelotas.

Oswald se precipitó de cabeza a la alberca; menos mal que el suelo era blando. El brazo le latía de dolor y se notaba muy cansado, pero tenía que levantarse. Tenía que salvar a su padre. Como los antiguos héroes griegos de los que le había hablado Gabrielle, debía ser valiente y enfrentarse al monstruo.

Oswald se puso de pie con paso inestable.

Al zafarse de Oswald, la cosa amarilla se había enredado con las cuerdas de la red que rodeaba la alberca de pelotas. Tenía una cuerda enrollada alrededor del cuello y estaba forcejeando para deshacerse de ella. Oswald no entendía por qué no conseguía liberarse, hasta que vio que los pies de la cosa amarilla no tocaban el suelo. Estaba suspendida de la cuerda, bien atada a una barra de metal en la parte superior de la alberca de pelotas.

El conejo se había ahorcado a sí mismo. Abría y cerraba la boca en un intento desesperado de respirar, pero no emitía sonido alguno. Daba manotazos a las cuerdas con sus zarpas. Sus ojos, aún terroríficamente vacíos, estaban fijos en Oswald, como suplicando ayuda.

Oswald no iba a salvarlo, eso estaba claro.

Tras unos segundos más de forcejeo, la cosa amarilla se quedó inmóvil. Oswald parpadeó. Colgando de

FIVE NIGHTS AT FREDDY'S. LA ALBERCA DE PELOTAS

la cuerda sólo había un disfraz de conejo amarillo, sucio y vacío.

Su padre abrió los ojos. Oswald corrió junto a él.

—No entiendo qué hago aquí —dijo su padre. Estaba pálido y sin afeitar, con los ojos cercados por ojeras oscuras—. ¿Qué pasó?

Oswald se debatió intentando decidir qué contestar: «Un conejo gigante y malvado te atacó, te dio por muerto y luego intentó suplantar tu identidad, y yo era la única persona que sabía que no eras tú. Hasta mamá creía que eras tú».

No. Era una locura, y a Oswald no le atraía la idea de pasarse años en terapia asegurándole a un psicólogo que el conejo malvado era de verdad.

Jinx era el único miembro de la familia que sabía que era cierto, pero era una gata, así que no iba a dar la cara por él.

Además, su padre ya había sufrido bastante.

Oswald sabía que estaba mal mentir. También sabía que se le daba regular. Cuando lo intentaba, se ponía a sudar y decía «eh» todo el tiempo. Pero, en aquella situación, una mentira era la única escapatoria. Respiró hondo.

—Pues, eh… Me escondí en la alberca de pelotas para gastarte una broma, aunque no tenía que haberlo hecho. Viniste a buscarme y creo que te diste un golpe en la cabeza y te desmayaste —Oswald respiró hondo otra vez—. Lo siento, papá. No quería que la cosa se saliera tanto de control.

Aquella parte, al menos, era verdad.

—Acepto tus disculpas, hijo —le dijo su padre. No parecía enfadado, sólo cansado—. Pero tienes razón, no tenías que haberlo hecho. Y Jeff debería quitar esta alberca de pelotas antes de que alguien lo denuncie.

—Totalmente —coincidió Oswald.

Sabía que no volvería a poner un pie en aquella alberca de pelotas nunca más. Extrañaría a Chip y a Mike, pero tenía que hacer amigos nuevos en su época. Por un momento, le vino a la cabeza la chica de la banca en el recreo. Gabrielle. Parecía simpática. Y lista. Le había gustado charlar con ella.

Oswald tomó a su padre de la mano.

—Te ayudo a levantarte.

Con la ayuda de Oswald, su padre se puso de pie y dejó que su hijo lo guiara hasta la salida de la alberca de pelotas. Se paró a mirar el disfraz amarillo que colgaba como un pellejo.

—¿Qué es eso tan feo?

—No tengo ni idea —dijo Oswald.

Eso también era verdad.

Salieron de la alberca de pelotas y atravesaron Jeff's Pizza. Jeff estaba pasando el trapo por el mostrador sin dejar de mirar la tele, donde segían dando el partido. ¿En serio no había visto ni oído nada?

Sin soltarle la mano a Oswald (¿cuándo era la última vez que habían ido de la mano?), su padre le levantó el brazo y lo miró.

—Estás sangrando.

—Sí —dijo Oswald—, debo de haberme hecho un arañazo al intentar sacarte de la alberca de pelotas.

Su padre sacudió la cabeza.

—En serio, esto es peligroso. Poner un cartel de NO PASAR no es suficiente —le soltó el brazo a Oswald—. Te lavaré el brazo en casa, y luego, cuando tu madre llegue a casa, que te lo vende.

Oswald se preguntó qué diría su madre cuando viera las marcas de los colmillos.

Mientras se dirigían a la puerta, Oswald dijo:

—Papá, sé que a veces soy un pesado, pero te quiero mucho, ¿okey?

Su padre lo miró con una mezcla de agrado y sorpresa.

—Y yo también, hijo —le revolvió el pelo—. Pero tienes un gusto horrible para las pelis de ciencia ficción.

—¿Ah, sí? —contestó Oswald sonriendo—. Pues tú tienes un gusto horrible para la música. Y te gustan los helados aburridos.

Abrieron la puerta juntos y los golpeó el aire fresco de la noche.

Detrás de ellos, Jeff gritó:

—¡Oye, muchacho! ¡Olvidas tu refresco!

SER GUAPA

«*P*lana» y «gorda». Ésas eran las dos palabras que le venían a la cabeza a Sarah cuando se miraba en el espejo. Algo que hacía a menudo.

¿Cómo alguien con una barriga tan redonda podía ser plana como una tabla de planchar en el resto del cuerpo? Otras chicas podían describir su silueta como un reloj de arena o una pera. Sarah tenía la forma de una papa. Cuando se miraba la nariz bulbosa, las orejas prominentes y las extremidades, que parecían pegadas al azar por su cuerpo, siempre pensaba en los señores Cara de Papa que tenía de pequeña. Aquellos muñecos que tenían varios pares de ojos, orejas, narices, bocas y otras partes del cuerpo que podías encajar donde quisieras y con los que podías componer caras graciosas. Así que ése fue el mote que se puso a sí misma: la señora Cara de Papa.

Pero por lo menos la señora Cara de Papa tenía al señor Cara de Papa. A diferencia de las chicas de la escuela a las que llamaba «las Guapas», Sarah no tenía novio ni visos de tenerlo. Por supuesto que había un chico al que miraba y con el que soñaba, pero sabía que él no la miraba ni soñaba con ella. Suponía que, igual que la señora Cara de Papa en su época de soltera, tendría que esperar a que llegara un tipo igual de poco agraciado que ella.

Pero, mientras tanto, debía terminar de arreglarse para ir a clase.

Mirando a su peor enemigo, el espejo, se echó máscara de pestañas y un poco de brillo de labios rosa. Por su cumpleaños, su madre le había dado permiso para maquillarse un poco. Por fin. Se cepilló con ahínco el pelo, castaño y soso. Suspiró. Eso era todo lo que podía conseguir. Y no estaba nada bien.

Las paredes de la habitación de Sarah estaban decoradas con fotos de modelos y estrellas del pop recortadas de revistas. Tenían los ojos maquillados, los labios gruesos y las piernas largas. Eran esbeltas, tenían curvas y se les veía seguras de sí mismas, jóvenes pero femeninas, y sobre sus cuerpos perfectos lucían prendas de ropa que Sarah ni siquiera soñaba poder permitirse. A veces, cuando se arreglaba por la mañana, sentía que aquellas diosas de la belleza la miraban decepcionadas. Parecían decir: «Uf, ¿en serio te vas a poner "eso"?», o «Ni sueñes con ser modelo, cariño». Aun así, le gustaba tener a las diosas allí. Si no iba a ver belleza cuando se mirara al espejo, al menos podía verla en las paredes.

En la cocina, su madre ya estaba arreglada para ir a trabajar, con un vestido largo de flores y el largo cabello negro con canas cayéndole por la espalda. Nunca se

CASH BUILDING SYSTEM UNLIMITED 8 Levels - 2 Pay Positions Per Level

√Fast Start Bonus √Spill Over Bonus √Upgrade Bonus √Residual Income

PHASE 1 - $50.00 is all it takes to get you on the road to financial freedom. For your $50.00, you will receive 200 postcards and 200 names. For additional $50 ($100 total), you can also receive 200 forever stamps. **YOU WILL RECEIVE $25 FOR EVERY PERSONAL SIGN UP.** When you want to earn **BIGGER MONEY…. SIMPLY UPGRADE TO PHASE 2.**

PHASE 2 - When you upgrade to Phase 2, you will be placed in Position #1. When someone signs up with your member ID#, they will go in Position #1 and you will move to Position #2. **Below is Phase 2 entry fees and commissions.**

	ENTRY FEE (PHASE 2)	POSITION #1 YOUR COMMISSION 70%	POSITION #2 YOUR SPONSOR 20%	J.D. MARKETING MONITOR 10%
LEVEL 1	$100.00	$70.00	$20.00	$10.00
LEVEL 2	$500.00	$350.00	$100.00	$50.00
LEVEL 3	$1,000.00	$700.00	$200.00	$100.00
LEVEL 4	$1,500.00	$1,050.00	$300.00	$150.00
LEVEL 5	$2,000.00	$1,400.00	$400.00	$200.00
LEVEL 6	$2,500.00	$1,750.00	$500.00	$250.00
LEVEL 7	$3,500.00	$2,450.00	$700.00	$350.00
LEVEL 8	$5,000.00	$3,500.00	$1,000.00	$500.00

When you join Phase 1, in your welcome packet will be a **Phase 2 upgrade form with information on your sponsor and the exact amount of money needed per level.** To get started, fill in your information below and return this postcard with a $50.00 money order membership fee **PAYABLE TO: J.D Marketing 1964 - P.O. Box 353 - Senecaville, OH 43780.**

IN A HURRY? JOIN ONLINE @ www.CashBuildingSystemUnlimited.com

Name: _____

Address: _____

_____ Date: _____

City: _____ State: _____ Zip: _____

Phone: (___) _____

HAVE QUESTIONS? CALL: (740) 680-2493

maquillaba ni se hacía nada especial en el pelo, y tenía cierta tendencia a engordar en la zona de las caderas. Aun así, Sarah tenía que admitir que su madre gozaba de una belleza natural de la que ella carecía. «A lo mejor es que se salta una generación», pensó Sarah.

—Hola, bizcochito —le dijo su madre—. Compré bagels. De los que te gustan, con semillas. ¿Quieres que te tueste uno?

—No, me voy a tomar un yogur nada más —dijo Sarah, aunque se le hacía la boca agua al pensar en un bagel tostado con queso crema—. No puedo comer tantos carbohidratos.

Su madre puso los ojos en blanco.

—Sarah, esos vasitos de yogur que comes sólo tienen noventa calorías. No entiendo cómo no te desmayas de hambre en la escuela —le dio un bocado a su bagel. Lo había cerrado a modo de sándwich y el queso crema se salía por los bordes cuando lo mordía—. Además —añadió su madre con la boca llena—, eres demasiado joven para preocuparte por los carbohidratos.

«Y tú eres demasiado vieja para no preocuparte por ellos», le dieron ganas de decir a Sarah. Pero, en lugar de eso, dijo:

—Con un yogur y una botella de agua aguanto perfectamente hasta la hora de la comida.

—Allá tú —repuso su madre—. Pero, en serio, este bagel está delicioso.

A diferencia de la mayoría de las mañanas, Sarah llegó puntual al autobús escolar, así que no tuvo que ir andando. Se sentó sola y se puso a ver tutoriales de maquillaje de YouTube en el celular. Quizás en su siguiente cumpleaños su madre la dejara ponerse algo más que máscara de pestañas, una crema hidratante con color y brillo de labios. Podría comprarse lo necesario para hacer *contouring*, y así podría realzar los pómulos y disimular la nariz ancha. También estaría bien poder depilarse las cejas en un estudio profesional. Ahora mismo libraba una batalla diaria armada con unas pinzas contra su uniceja.

Antes de la primera clase del día, mientras sacaba el libro de ciencias del casillero, las vio. Se pavoneaban pasillo abajo como súper modelos desfilando por una pasarela, y todo el mundo —todo el mundo— dejó lo que estaba haciendo para mirarlas. Lydia, Jillian, Tabitha y Emma. Eran animadoras. Eran reinas. Eran estrellas. Todas las chicas de la escuela querían ser como ellas y todos los chicos de la escuela querían estar con ellas.

Eran las Guapas.

Cada una tenía su tipo de belleza particular. Lydia tenía el cabello rubio, los ojos azules y la piel sonrosada, mientras que Jillian tenía la melena roja fuego y unos ojos verdes y felinos. Tabitha era de piel oscura, con los ojos café chocolate y una lustrosa melena negra, y Emma era castaña y tenía unos ojos cafés enormes, como un cervatillo. Todas llevaban el cabello largo —para poder apartárselo suntuosamente— y eran esbeltas, pero con las curvas suficientes para llenar la ropa en la zona del pecho y las caderas.

¡Y qué ropa!

Su ropa era tan bonita como ellas, comprada en tiendas de lujo en las grandes ciudades a las que iban de vacaciones. Aquel día iban todas de blanco y negro: Lydia llevaba un vestido negro corto con el cuello y los puños blancos, Jillian lucía una camisa blanca con una minifalda de lunares blanca y negra, Tabitha un pantalón de rayas blancas y negras…

—¿Qué son, pingüinos? —una voz interrumpió los pensamientos de admiración de Sarah.

—¿Eh?

Sarah se giró y se encontró con Abby, su mejor amiga desde la guardería, de pie a su lado. Llevaba una especie de poncho horrendo y una falda larga y suelta de flores. Parecía una pitonisa de esas que te leen el futuro en la feria de fin de año escolar.

—Dije que parecen pingüinos —repitió Abby—. Esperemos que no haya ninguna foca hambrienta por aquí.

Emitió una especie de ladrido y se echó a reír.

—Estás loca —dijo Sarah—. A mí me parece que van perfectas.

—Siempre te lo parece —puntualizó Abby. Tenía el libro de Ciencias Sociales apretado contra el pecho—. Y tengo una teoría del porqué.

—Tú tienes una teoría para todo —dijo Sarah.

Era verdad. Abby quería ser científica, y seguro que todas aquellas teorías le serían útiles cuando hiciera el doctorado.

—¿Te acuerdas de cuando jugábamos a las Barbies de pequeñas? —le preguntó Abby.

Cuando eran niñas, Sarah y Abby tenían sendas maletas rosas llenas de Barbies y de toda su ropa y accesorios. Se turnaban para llevar su maleta a casa de la otra y jugaban durante horas; sólo paraban para tomar jugos y galletas saladas. Qué fácil era la vida entonces.

—Sí —afirmó Sarah.

Era curioso. Abby no había cambiado casi nada desde entonces. Seguía llevando trenzas y lentes de montura dorada. Las únicas diferencias eran la ortodoncia y unos cuantos centímetros de estatura. Aun así, cuando Sarah la miraba, atisbaba al menos la posibilidad de la belleza. Abby tenía la piel lisa y de color café con leche, y unos ojos color avellana que se veían impresionantes incluso detrás de sus lentes. Iba a clases de baile después de la escuela y tenía un cuerpo grácil y esbelto, aunque lo escondiera bajo aquellos ponchos tan feos y prendas siempre anchas. Sarah no era guapa en absoluto, y eso la atormentaba. Abby era guapa, pero no le importaba lo suficiente como para fijarse en ello.

—Mi teoría —empezó a decir Abby, animándose como siempre que daba una clase magistral— es que te encantaba jugar con las Barbies, pero ahora, como eres demasiado mayor para las muñecas, necesitas un sustituto de las Barbies. Por eso quieres jugar con ellas.

¿Jugar? A veces parecía que Abby seguía siendo una niña.

—No quiero jugar con ellas —dijo Sarah, aunque no estaba segura de que aquello fuera totalmente cierto—. Soy muy mayor para querer jugar con nadie. Sólo… las admiro, eso es todo.

Abby puso los ojos en blanco.

—Pero ¿qué tienen que sea digno de admiración? ¿La capacidad de pintarse los ojos a juego con la ropa? Si no te importa, yo prefiero admirar a Marie Curie y a Rosa Parks.

Sarah sonrió. Abby siempre había sido una friki. Una friki adorable, pero una friki al fin y al cabo.

—Bueno, a ti nunca te ha interesado mucho la moda. Me acuerdo perfectamente de cómo tratabas a tus Barbies.

Abby le devolvió la sonrisa.

—Bueno, a una la rapé. Y a otra le pinté el pelo de verde con un marcador permanente y parecía una súper villana —enarcó las cejas—. Ah, si esas reinas adolescentes me dejaran jugar así con ellas, igual sí me interesarían.

Sarah se echó a reír.

—Tú sí que eres una súper villana.

—No —repuso Abby—. Sólo soy una sabelotodo. Por eso soy mucho más divertida que esas animadoras.

Abby se despidió con la mano y corrió a clase.

A la hora de la comida, Sarah se sentó frente a Abby. Era viernes, y los viernes había pizza; Abby llevaba en su bandeja una porción rectangular, un vaso de jugo de frutas y un cartón de leche. La pizza del comedor no era la mejor del mundo, pero era pizza, así que no estaba mal. Pero todo eran carbohidratos. Sarah había pedido una ensalada verde con vinagreta *light*. Le gustaba más con aderezo de mayonesa y cátsup que con vinagreta, pero tenía demasiadas calorías.

Los demás chicos de la mesa eran todos frikis que comían a toda velocidad para poder jugar a las cartas hasta que sonara el timbre. Sarah sabía que las Guapas la llamaban la mesa de los perdedores.

Sarah hundió el tenedor de plástico en la lechuga.

—¿Qué harías si tuvieras un millón de dólares? —le preguntó a Abby.

Abby sonrió.

—Muy fácil. Lo primero…

—Espera —la interrumpió Sarah, porque sabía lo que iba a decir Abby—. No puedes decir que lo donarías a una ONG o a gente sin hogar o cosas así. Es dinero para gastar en ti misma.

Abby sonrió.

—Y, como es dinero imaginario, no tengo por qué sentirme culpable.

—Eso es —dijo Sarah masticando un trozo de zanahoria.

—Okey. —Abby le dio un bocado a su pizza y masticó concentrada—. En ese caso, lo usaría para viajar. Primero creo que a París, con mi madre, mi padre y mi hermano. Dormiríamos en un hotel de lujo, iríamos a la torre Eiffel y al Louvre, y comeríamos en los mejores restaurantes. Nos atascaríamos de croissants y tomaríamos café en cafeterías bonitas y miraríamos a la gente. ¿Tú qué harías?

Sarah empujó la ensalada por el plato.

—Pues yo me blanquearía los dientes en una clínica dental, y también iría a una peluquería *top* a cortarme y teñirme. De rubio, pero que pareciera rubio de verdad. Me haría tratamientos faciales e iría a que me hicieran un cambio de look con maquillaje del bueno, no del barato de perfumería. Y me operaría la nariz. Hay otras cosas de cirugía estética que me gustaría hacerme, pero no creo que esté permitido a nuestra edad.

—¡Pues claro que no! —exclamó Abby. Parecía consternada, como si Sarah hubiera dicho algo terrible—. ¿En serio pasarías por todo ese dolor y sufrimiento sólo para cambiar de aspecto físico? A mí me extirparon las amígdalas y fue horrible. No pienso volver a operarme de nada si puedo evitarlo —miró a Sarah fijamente—. ¿Y qué le pasa a tu nariz?

Sarah se llevó la mano a la nariz.

—¿No lo ves? Es enorme.

Abby se echó a reír.

—No. Es una nariz común y corriente. Una nariz bonita. Y, además, si lo piensas, ¿quién tiene una nariz bonita? Las narices son una cosa extraña. A mí me gustan más los hocicos de los animales que las narices de los humanos. Mi perro tiene un hociquillo lindísimo.

Sarah echó un vistazo a la mesa de las Guapas. Todas tenían narices diminutas y perfectas, como botoncitos adorables. No una nariz-papa.

Abby miró a la mesa adonde miraba Sarah.

—Oh, ¿las Pingüinas otra vez? El problema de los pingüinos es que son muy bonitos, pero son todos iguales. Tú eres una persona, y deberías parecer una persona única.

—Sí, una persona única y fea —dijo Sarah mientras seguía revolviendo la ensalada.

—No, una persona única y guapa que se preocupa demasiado por su apariencia —Abby estiró la mano y le tocó el antebrazo a Sarah—. Has cambiado mucho estos últimos dos años, Sarah. Antes hablábamos de libros, de pelis y de música. Ahora sólo quieres hablar de lo poco que te gustas y de la ropa, los peinados y el maquillaje que desearías poder tener. Y en vez de coleccionar fotos de cachorritos en la pared, como antes, ahora tienes pósteres de modelos esqueléticas. Me gustaban mucho más los cachorritos.

Sarah sintió que la rabia le subía como bilis por el esófago. ¿Cómo se atrevía Abby a criticarla así? Las amigas no están para criticarte. Se puso de pie.

—Tienes razón, Abby —dijo lo suficientemente alto como para que el resto de la gente de la mesa se girara a mirarla—. He cambiado. He madurado, y tú no. ¡Yo pienso en cosas de adultos y tú sigues comprando calcomanías, viendo dibujos animados y dibujando caballos!

Sarah estaba tan enfadada que se marchó dejando su bandeja en la mesa para que la recogiera otra persona.

Cuando acabaron las clases, Sarah tenía un plan. No iba a sentarse más en la mesa de los perdedores, porque ya no iba a ser una perdedora. Iba a ser tan popular y tan guapa como pudiera.

Fue notable lo rápido que trazó su plan. En cuanto llegó a casa, abrió el cajón de la cómoda donde guardaba el dinero. Tenía veinte dólares que le había dado su abuela por su cumpleaños y otros diez que le habían sobrado de la paga. Suficiente.

La tienda de productos de belleza estaba a quince minutos a pie de su casa. Podía ir y volver y hacer todo lo que tenía que hacer antes de que su madre llegara del trabajo, a eso de las seis.

La tienda estaba iluminada con luces fluorescentes y llena de pasillos atestados de productos de belleza: cepillos, planchas de pelo, secadoras, esmalte de uñas y maquillaje. Se dirigió al pasillo donde decía TINTES. No necesitaba un millón de dólares para ser rubia. Podía conseguirlo por diez dólares y que parecieran un millón. Eligió una caja donde decía PURE PLATINUM y salía una modelo sonriente con el cabello largo, luminoso y casi blanco. Guapísima.

La mujer de la caja tenía el pelo rojo, obviamente teñido, y unas pestañas postizas que la hacían parecer una jirafa.

—Si quieres que el pelo te quede como en la foto, tienes que decolorártelo antes —dijo.

—¿Decolorármelo… cómo? —preguntó Sarah.

Su madre a veces decoloraba la ropa sin querer cuando usaba cloro. Seguro que no iba por ahí la cosa.

—Con agua oxigenada, la tienes en el pasillo número dos —dijo la cajera.

Cuando Sarah volvió con el bote de plástico, la mujer la miró entornando los ojos.

—¿Tu mamá sabe que te vas a teñir el pelo, cariño?

—Claro —contestó Sarah evitando mirarla a los ojos—. No le importa.

No sabía si a su madre le importaba o no. Suponía que lo averiguaría pronto.

—De acuerdo, pues muy bien —dijo mientras escaneaba los productos de Sarah—. Así a lo mejor puede ayudarte. Para que el color te quede bien y uniforme.

Una vez en casa, Sarah se encerró en el baño y leyó las instrucciones de la caja del tinte. Parecían sencillas.

Se puso los guantes de plástico que venían con el kit, se echó una toalla por los hombros y se aplicó el agua oxigenada. No estaba segura de cuánto tiempo tenía que dejársela, así que se sentó en el borde de la tina y jugó unas partidas en el celular y vio varios tutoriales de maquillaje en YouTube.

Primero le empezó a picar el cuero cabelludo. Luego le empezó a quemar. Quemaba como si alguien le hubiera tirado un montón de cerillos encendidos en el pelo. Tecleó «cuánto tiempo hay que dejarse el agua oxigenada en el pelo» en el teléfono.

La respuesta que apareció era «no más de treinta minutos».

¿Cuánto tiempo llevaba? Se levantó de un salto, quitó la regadera de mano, abrió el agua fría, se puso de rodillas con la cabeza metida en la tina y empezó a enjuagarse. El agua helada le calmó el cuello cabelludo en llamas.

Cuando se miró en el espejo del baño, tenía el pelo totalmente blanco, como si hubiera envejecido antes de tiempo. El baño apestaba a cloro; la nariz le moqueaba y los ojos le lloraban. Abrió la ventana y, acto seguido, el bote de tinte.

Había llegado la hora de completar su transformación.

Mezcló los ingredientes del tinte en el bote aplicador, lo agitó, se echó la mezcla por todo el cuero cabelludo y se lo masajeó. Se puso una alarma en el celular en veinticinco minutos y esperó. Cuando su madre llegara a casa, Sarah sería una persona nueva.

Jugó tan contenta al celular hasta que vibró la alarma, y se enjuagó otra vez. No se echó el acondicionador que venía con el tinte porque estaba demasiado ansiosa por ver el resultado. Se quitó la toalla del pelo y dio un paso atrás para admirar en el espejo a la nueva Sarah.

Gritó.

Gritó tan fuerte que el perro del vecino empezó a ladrar. No tenía el pelo rubio platino, sino verde como el agua sucia de una alberca. Pensó en Abby cuando eran pequeñas, cuando le tiñó el pelo a su Barbie con un marcador permanente de color verde. Ahora ella era aquella Barbie.

¿Cómo era posible? ¿Cómo podía hacer algo para ponerse guapa y acabar aún más fea que antes? ¿Por qué la vida era tan injusta? Corrió a su habitación, se tiró en la cama y lloró. Debió de llorar tanto que se quedó medio dormida, porque de repente su madre estaba sentada en el borde de la cama:

—¿Qué pasó?

Sarah levantó la vista. Podía ver la consternación en los ojos de su madre.

—Es…, estaba intentando teñirme el pelo —sollozó Sarah—. Quería tenerlo rubio, pero ahora lo…, lo tengo…

—Lo tienes verde. Ya veo, ya —dijo su madre—. Bueno, te iba a decir que teñirte el pelo sin permiso tendrá que tener consecuencias, pero creo que ya estás experimentándolas tú solita. Vas a limpiar el baño, eso sí. Pero ahora vamos a ver qué podemos hacer para que no parezcas… un marciano —le tocó el pelo a Sarah—.

¡Uf! Parece estropajo. Vamos, ponte los zapatos. Seguramente la peluquería del centro comercial siga abierta. A lo mejor allí pueden arreglar este destrozo.

Sarah se puso los zapatos y se enfundó la cabeza de color musgo en una gorra de beisbol. Cuando llegaron a la peluquería y Sarah se quitó la gorra, la peluquera pegó un gritito.

—Bueno, menos mal que vinieron. Esto es una emergencia capilar.

Una hora y media más tarde, Sarah volvía a tener el pelo castaño, sólo que unos centímetros más corto, porque la peluquera había tenido que cortarle las puntas quemadas.

—Bueno —dijo su madre de vuelta en el coche, de camino a casa—, que sepas que esto me costó un dineral. Tendría que haberte dejado ir mañana a clase con el pelo verde. Te estaría bien empleado.

Sarah no fue a la escuela al día siguiente de rubia platino deslumbrante, sino con el pelo castaño y aburrido de siempre. Aun así, a la hora de comer decidió que, aunque no tuviera el pelo rubio, no iba a sentarse en la mesa de los perdedores. Se sirvió una ensalada y pasó junto a Abby sin mirarla. No necesitaba sus críticas.

Cuando se acercó a la mesa de las Guapas, se le hizo un nudo en el estómago. Debían de haber decidido que aquél era el Día de los Jeans, porque todas llevaban jeans ajustados con tops de colores vivos y tenis a juego.

Sarah se sentó en el extremo opuesto de la mesa, lo suficientemente lejos como para que no pensaran que las estaba invadiendo, pero lo bastante cerca como para que la incluyeran si querían.

Esperó unos minutos por si la echaban, pero ninguna lo hizo. Sintió alivio y esperanza, pero entonces se dio cuenta de que ninguna parecía haber reparado en su presencia. Seguían con su conversación como si Sarah fuera invisible.

—¡No creo que haya dicho eso!

—¡Claro que sí!

—¡No!

—¡Que sí!

—¿Y él qué dijo?

Sarah revolvió la ensalada con el tenedor en el plato e intentó seguir la conversación, pero no sabía de quién estaban hablando y no iba a preguntárselo. Probablemente ni siquiera la oyeran si decía algo. Si no la veían, seguramente tampoco la oirían. Se sentía como un fantasma.

Tomó su bandeja y se dirigió al bote de basura, desesperada por salir de la cafetería… Desesperada por salir de la escuela, en realidad. Pero aún quedaban dos clases por delante: Sociales (aburridísimo) y Matemáticas (una estupidez). Perdida en su sufrimiento, tropezó con un chico alto y le tiró los restos de su ensalada por encima de la camiseta blanca inmaculada.

Levantó la vista y se encontró con los ojos azules de Mason Blair, el chico más perfecto de la escuela, el chico que siempre había deseado que se fijara en ella.

—Oye, mira por dónde vas —exclamó él mientras se quitaba una rodaja de pepino de su carísima camiseta de marca.

La verdura aderezada le había dejado un círculo aceitoso perfecto en mitad del pecho.

—¡Lo siento! —dijo con un hilo de voz agudísimo.

Luego tiró el resto de la ensalada —la que no se había quedado en la ropa de Mason— a la basura y salió medio corriendo de la cafetería.

Qué pesadilla. Siempre había querido que Mason se fijara en ella, pero no así. No como la chica fea y torpe con el pelo castaño, quemado y encrespado que acababa de tirarle por encima una ensalada mixta. ¿Por qué tenía que salirle todo mal? Las Guapas nunca hacían nada estúpido ni torpe, jamás se humillaban delante de un chico guapo. Su belleza era como una armadura que las protegía del dolor y la vergüenza de la vida.

Cuando al fin terminó la jornada escolar, Sarah decidió regresar andando a casa en lugar de tomar el autobús. Después del día que había tenido, no quería arriesgarse a volver a estar con un grupo grande de adolescentes. Sólo podía invitar al desastre.

Caminó sola, y se dijo que más le valía acostumbrarse a la soledad. Siempre iba a estar sola. Pasó por delante de The Brown Cow, el puesto de helados donde iban las Guapas con sus novios después de clase a sentarse todos juntos en las mesas de picnic a tomar malteadas o helados. Por supuesto, las Guapas podían hartarse de helado y no engordaban ni medio kilo. La vida es muy injusta.

Para llegar a su casa, Sarah tenía que pasar por el deshuesadero. Era un feo terreno sin pavimentar repleto de restos de coches viejos. Había camionetas aplastadas, SUV destripados y vehículos reducidos a montones de chatarra. Sarah estaba segura de que ninguna de las Guapas tenía que pasar por un sitio tan feo de camino a su casa.

Aunque el deshuesadero era un sitio horrible —o precisamente porque era horrible—, no podía evitar quedarse mirando siempre que pasaba. Era como un viandante de esos que se paran a mirar los accidentes en la carretera.

El coche que estaba más cerca de la valla entraba sin duda en la categoría de «montón de chatarra». Era una de esos Sedán grandes y viejos que sólo conduce la gente mayor; la madre de Sarah los llamaba «yates de tierra». Aquel yate había vivido tiempos mejores. Parecía haber sido azul claro en algún momento, pero estaba tan oxidado que era más bien rojizo. En algunas zonas, el óxido se había comido el metal, y la carrocería estaba tan destrozada que parecía que lo hubiera atacado una banda armada con bates de beisbol.

Entonces vio el brazo.

Un brazo fino y delicado sobresalía de la cajuela del coche; la manita blanca tenía los dedos estirados como si saludara. O como si pidiera ayuda, como alguien que se estuviera ahogando.

A Sarah le picó la curiosidad. ¿Qué habría detrás de aquella mano?

La verja estaba abierta. No había nadie vigilando. Después de mirar bien para comprobar que no la viera nadie, Sarah entró en el deshuesadero.

Se acercó al viejo sedán y tocó el brazo, y luego la mano. Era de metal, o eso parecía al tacto. Buscó la palanca de la cajuela y la jaló, pero no funcionaba. El coche estaba tan hecho polvo que la cajuela no se podía abrir ni cerrar.

Sarah pensó en un cuento que una profesora les había leído en clase en primaria sobre el rey Arturo, de cómo consiguió sacar una espada de una roca cuando nadie más podía hacerlo. ¿Podría sacar ella la muñeca —o lo que fuera— de aquel vehículo desbaratado? Buscó a su alrededor hasta que encontró una pieza metálica plana y dura que quizá podría hacer las veces de palanca.

Apoyó el pie en la salpicadera abollada del coche, deslizó la pieza en la cajuela y jaló hacia arriba. Al primer intento no cedió, pero al segundo se abrió y ella perdió el equilibrio y se cayó de sentón al suelo de tierra. Se levantó para inspeccionar a la dueña de la mano que sobresalía de la cajuela.

¿Era una muñeca vieja que habría tirado alguna niña a la basura y había acabado en el deshuesadero? Aquello puso triste a Sarah.

Sacó la muñeca del camión y la puso de pie; una vez que la hubo mirado bien, no estaba tan segura de que «muñeca» fuera la palabra correcta para describirla. Medía unos centímetros más que la propia Sarah y era articulada, porque las extremidades y la cintura parecían ser movibles. ¿Sería algún tipo de marioneta? ¿Un robot?

Fuera lo que fuera, era preciosa. Tenía los ojos grandes y verdes, con las pestañas largas, una boquita de piñón y dos círculos rosas en las mejillas. Llevaba la cara pintada como un payaso, pero un payaso bonito. Tenía el pelo rojo recogido en dos coletas en la parte superior de la cabeza, y su cuerpo era delgado y plateado, con el cuello largo, la cintura estrecha y el pecho y las caderas redondeados. Los brazos y las piernas eran largos, esbeltos y elegantes. Parecía una versión robótica de las súper modelos cuyas fotos tenía Sarah en su habitación.

¿De dónde habría salido? Y ¿por qué querría nadie deshacerse de un objeto tan perfecto y bello?

Bueno, pues si quienquiera que hubiera tirado aquello a la basura no lo quería, Sarah sí. Tomó el robot con forma de chica y comprobó que era sorprendentemente ligero. Lo puso de lado para transportarlo, agarrándola por la delicada cintura y salió a la calle.

Ya en casa, en su habitación, Sarah dejó a la chica robot en el suelo. Estaba un poco manchada y tenía bastante polvo, como si llevara mucho tiempo en la basura. Sarah fue a la cocina y agarró un trapo y un producto apto para superficies metálicas. Roció el producto por la parte delantera de la robot y la limpió, centímetro a centímetro, de la cabeza a los pies. El nuevo brillo la hacía aún más bonita. Cuando Sarah se colocó detrás de la robot para limpiar el otro lado, se fijó en que tenía un interruptor de encendido y apagado en la espalda. Una vez que la hubo limpiado por detrás, lo accionó.

No pasó nada. Sarah se alejó, ligeramente decepcionada. Pero, bueno, le gustaba tener un robot aunque no hiciera nada.

Sin embargo, de pronto, un ruido hizo que Sarah se diera la vuelta. El robot estaba temblando, como si fuera a salir volando o a romperse. Luego se quedó quieto.

Sarah se resignó otra vez pensando que el robot no haría nada.

Hasta que lo hizo.

La cintura del robot giró, de forma que movió la parte superior del cuerpo. Levantó los brazos despacio y luego los bajó. Giró la cabeza hacia Sarah; parecía mirarla con sus grandes ojos verdes.

—Hola, amiga —dijo con una voz que parecía una versión ligeramente metálica de la de una niña—. Me llamo Eleanor.

Sarah sabía que no podía estar hablándole a ella, pero lo parecía.

—Hola —susurró, sintiéndose un poco tonta por entablar conversación con un objeto inanimado—. Yo soy Sarah.

—Encantada de conocerte, Sarah —dijo la chica robot.

Vaya. ¿Cómo podía repetir su nombre? «Debe de tener un sistema informático interno muy sofisticado», pensó Sarah. Seguro que su hermano sabía de aquello; estudiaba Ingeniería Informática en la universidad.

El robot dio unos cuantos pasos sorprendentemente ágiles en dirección a Sarah.

—Gracias por rescatarme y limpiarme, Sarah —dijo la robot Eleanor—. Me siento como nueva.

Hizo una pirueta grácil y femenina que hizo ondear su faldita.

Sarah la miró con la boca abierta. ¿De verdad podía hablar, incluso pensar?

—Eh… De nada… —contestó.

—Bueno —dijo Eleanor, poniéndole la manita dura y fría a Sarah en la mejilla—. Dime qué puedo hacer por ti, Sarah.

Sarah miró la cara preciosa pero inexpresiva de la robot.

—¿Qué quieres decir?

—Tú hiciste algo por mí. Ahora yo debo hacer algo por ti —Eleanor inclinó la cabeza como un cachorrito adorable—. ¿Qué quieres, Sarah? Quiero hacer realidad tus deseos.

—*Mmm*, nada, la verdad —respondió Sarah.

No era cierto, pero es que, a ver, ¿cómo un robot iba a hacer realidad sus deseos?

—Todo el mundo quiere algo —dijo Eleanor mientras le apartaba el pelo de la cara a Sarah—. ¿Qué quieres tú, Sarah?

Sarah respiró hondo. Miró las fotos de las modelos, actrices y cantantes que colgaban de las paredes. Podía decirlo. Eleanor era un robot, no iba a juzgarla.

—Quiero… —susurró, avergonzada—. Quiero… ser guapa.

Eleanor dio palmas.

—¡Ser guapa! ¡Qué deseo tan maravilloso! Pero es un gran deseo, Sarah, y yo soy pequeña. Dame veinticuatro horas y trazaré un plan para empezar a hacer realidad tu deseo.

—Claro, de acuerdo —dijo Sarah.

No tenía ninguna fe en que aquella robot tuviera la capacidad de transformar su aspecto. Ni siquiera era capaz de creer que estuviera manteniendo una conversación con ella.

Cuando Sarah se despertó a la mañana siguiente, Eleanor estaba de pie en el rincón tan inmóvil e inerte como el resto de los objetos decorativos de la habitación, sin vida, igual que el Freddy Fazbear de peluche que Sarah tenía desde los seis años. Quizá la conversación con Eleanor hubiera sido un sueño especialmente realista.

Aquella tarde, cuando Sarah volvió de clase, Eleanor movió la cintura, subió y bajó los brazos y se acercó a ella con movimientos sutiles.

—Te hice una cosa, Sarah —dijo.

Eleanor escondió las manos detrás de la espalda y sacó un collar. Era una cadena de plata con un dije grande con forma de corazón, también de plata. Era original. Muy bonito.

—¿Lo hiciste para mí? —preguntó Sarah.

—Sí —contestó Eleanor—. Quiero que me prometas una cosa. Quiero que te pongas este dije y nunca jamás te lo quites. ¿Me prometes que lo llevarás siempre puesto?

—Te lo prometo —dijo Sarah—. Gracias por el regalo. Es muy hermoso.

—Y tú también serás hermosa —dijo Eleanor—. Como tu deseo es tan grande, Sarah, sólo puedo hacer que se cumpla poco a poco. Pero si te pones este dije y no te lo quitas, cada mañana cuando te levantes serás un poco más guapa que el día anterior.

Eleanor le tendió el dije y Sarah lo agarró.

—De acuerdo, gracias —dijo Sarah, aunque no creía una palabra de lo que le había dicho Eleanor.

No obstante, se puso el dije porque era bonito.

—Te queda bien —dijo Eleanor—. Eso sí, para que el collar funcione, tienes que dejar que te cante una canción de cuna para dormir.

—¿Ahora? —preguntó Sarah.

Eleanor asintió.

—Pero es muy temprano. Mi madre ni siquiera ha llegado de trabajar…

—Para que el collar funcione, tienes que dejar que te cante una canción de cuna para dormir —repitió Eleanor.

—Bueno, supongo que puedo echarme una siestecita —dijo Sarah, aunque se preguntaba si no estaría ya dormida y aquello sería un sueño.

—Métete en la cama —dijo Eleanor, desplazándose con sus movimientos suaves hasta la cama de Sarah.

Aunque fuera un robot, Eleanor era muy femenina y adorable.

Sarah apartó las sábanas y se metió en la cama. La robot se sentó en el borde y le acarició el pelo con su manita fría mientras cantaba:

Duérmete, Sarah, duérmete ya,
y así tus sueños se harán realidad.

Antes de que Eleanor llegara a la última nota, Sarah ya estaba dormida.

ϒ

Solía despertarse somnolienta y de mal humor por las mañanas, pero aquel día se despertó sintiéndose estupendamente. Se fijó en que Eleanor estaba de pie, inmóvil, en el rincón del cuarto, en su habitual postura de objeto inanimado. No sabía por qué, pero la presencia de Eleanor la hacía sentirse segura, como si estuviera montando guardia.

Quizás Eleanor fuera sólo un objeto inanimado, pensó Sarah mientras se incorporaba en la cama. Pero luego se llevó las manos al pecho y palpó el corazón de plata que le colgaba del cuello. Si el collar era de verdad, entonces la conversación con Eleanor también debía de haberlo sido. Al apartar la mano del dije, notó algo más.

Su brazo. Los dos brazos, en realidad. Parecían más delgados y más tonificados, y la piel, que solía ser cetrina, tenía un aspecto saludable y radiante. La sequedad habitual a la que era propensa había desaparecido, y ambos brazos estaban suaves y lisos al tacto. Hasta los codos, que siempre solía tenerlos tirantes y cuarteados, estaban suaves como hocicos de gato.

Y los dedos… Al tocarse los brazos con los dedos, también los notó distintos. Estiró las manos para examinarlos. Sus dedos, antes rechonchos, ahora eran largos, elegantes y estrechos. Las uñas, sus uñas cortas y ásperas, ahora eran más largas y con forma de óvalos perfectos. Sorprendentemente, también estaban pintadas de un tono rosado claro precioso, como si fueran verdaderos pétalos de rosa.

Sarah corrió al espejo a mirarse. Tenía la misma cara de señora Cara de Papa, con su nariz de siempre, pero con un par de brazos y manos perfectos. Pensó en las palabras de Eleanor de la noche anterior: «Cada mañana, cuando te levantes, serás un poco más guapa que el día anterior».

Sin duda, Sarah era un poco más guapa. ¿Funcionaría así? ¿Cada día se transformaría una parte de su cuerpo?

Se precipitó al rincón donde estaba Eleanor.

—¡Me encantan mis brazos y mis manos nuevas! ¡Gracias! —le dijo al robot inmóvil—. ¿Cada mañana cuando me despierte se habrá transformado una parte de mi cuerpo?

Eleanor no se movió. Su rostro conservaba su expresión de máscara pintada.

—Bueno, habrá que esperar y ver qué pasa, ¿no? —dijo Sarah—. Gracias otra vez.

Se puso de puntitas, le dio un beso a la robot en su dura y fría mejilla, y se fue corriendo a la cocina para desayunar.

Su madre estaba sentada a la mesa con una taza de café y media toronja.

—Vaya, hoy no he tenido que gritar para que te levantes de la cama —le dijo—. ¿Qué te pasa?

Sarah se encogió de hombros.

—No sé. Me desperté contenta. Supongo que dormí bien.

Se sirvió cereal en un tazón y lo cubrió con leche.

—Bueno, estabas noqueada cuando llegué. Pensé en despertarte para cenar, pero estabas dormidísima —dijo su madre. Observó cómo Sarah engullía el cereal—. Y estás comiendo comida de verdad. ¿Quieres la otra mitad de la toronja?

—Okey, gracias —contestó Sarah.

Cuando estiró el brazo para agarrar la toronja, su madre le sujetó la mano.

—Oye, ¿desde cuándo llevas las uñas largas?

Sarah sabía que no podía contestar que desde la noche anterior, así que dijo:

—Desde hace un par de semanas, supongo.

—Pues están fenomenal —dijo su madre, apretándole la mano antes de soltarla—. Tienen un aspecto muy saludable. ¿Te estás tomando las vitaminas que te compré?

Sarah no se las estaba tomando, pero dijo que sí.

—Muy bien —dijo su madre, sonriente—. Está claro que funcionan.

Después de desayunar, eligió una camiseta rosa a juego con su esmalte de uñas y dedicó un rato extra a peinarse y maquillarse. En la escuela se sintió un poco menos invisible.

Mientras estaba lavándose las manos, Jillian, una de las Guapas, entró en el baño. Se miró el rostro y el pelo perfectos en el espejo y luego bajó la vista hacia las manos de Sarah.

—Ay, me encanta ese color de uñas —dijo.

Sarah se quedó tan sorprendida que apenas acertó a darle las gracias.

Jillian se fue del baño, sin duda para reunirse con sus populares amigas.

Pero había visto a Sarah. Se había fijado en ella y le había gustado una cosa de su físico.

Sarah sonrió para sí durante lo que quedaba de día.

Eleanor era más bien nocturna. Cuando las últimas luces del día invernal empezaban a apagarse, movía la cintura, levantaba y bajaba los brazos y cobraba vida.

—Hola, Sarah —le dijo con su peculiar vocecita—. ¿Eres un poco más guapa hoy que ayer, tal y como te prometí?

—Sí —le contestó Sarah. No recordaba haberse sentido nunca tan agradecida—. Gracias.

Eleanor asintió con la cabeza.

—Bien. ¿Y eres un poco más feliz hoy que ayer?

—Lo soy —contestó Sarah.

Eleanor aplaudió con sus manitas.

—Bien. Eso es lo que quiero yo. Cumplir tus deseos y hacerte feliz.

Sarah seguía sin poder creer que todo aquello estuviera sucediendo de verdad.

—Eres muy amable. Pero ¿por qué?

—Ya te lo dije. Tú me salvaste, Sarah. Me sacaste del deshuesadero, me limpiaste y me devolviste a la vida. Así que ahora quiero cumplir tus deseos como si fuera tu hada madrina. ¿Te gustaría? —su voz, pese al sonsonete metálico, era amable.

—Sí —dijo Sarah.

¿Quién no quería tener un hada madrina?

—Bien —dijo Eleanor—. Entonces nunca jamás te quites ese collar, y deja que te cante una canción de cuna para dormir. Cuando te despiertes, serás un poco más guapa que hoy.

Sarah titubeó. Sabía que a su madre le había parecido raro llegar la noche anterior y encontrársela ya dormida. Si Sarah se dormía temprano todas las noches, su madre pensaría que estaba enferma o algo así. Además tenía que hacer la tarea. Si dejaba de hacerla, levantaría sospechas, en casa y en la escuela.

—Dejaré que me cantes una canción de cuna —propuso Sarah—. Pero ¿puede ser dentro de unas horas? Tengo que cenar con mi madre y hacer la tarea.

—Si no queda otra… —dijo Eleanor, con un ligero rastro de decepción en la voz—. Pero es imprescindible que te duermas lo más temprano posible. Es importante que descanses las horas necesarias para que se obre la belleza.

Después de cenar espagueti y estudiar Matemáticas y Lengua durante una hora y media, Sarah se dio un baño rápido, se cepilló los dientes y se puso el camisón. Luego se acercó a Eleanor, que estaba quieta en su rincón.

—Estoy lista —anunció Sarah.

—Entonces métete en la cama como una niña buena —dijo Eleanor.

Sarah se metió entre las sábanas y Eleanor se acercó a la cama con su paso oscilante. Se sentó en el borde de la cama y estiró el brazo para tocar el dije en forma de corazón de Sarah.

—Recuerda llevarlo siempre puesto y no quitártelo nunca jamás —dijo Eleanor.

—Me acordaré —dijo Sarah.

Duérmete, Sarah, duérmete ya,
y así tus sueños se harán realidad.

Una vez más, Sarah se quedó dormida en un dos por tres.

Se despertó fresca como una lechuga; cuando se levantó, le pareció que estaba un poco más erguida, un poco más orgullosa, un poco más... ¡¿alta?!

Corrió hasta el espejo y se levantó el camisón para verse las piernas.

Eran magníficas. Ya no era la señora Cara de Papa, con sus tobillos gordos que casi parecían pegarle los pies al cuerpo. Ahora tenía unas piernas largas y bien proporcionadas, con las pantorrillas torneadas y los tobillos finos, como las piernas de una modelo. Cuando pasó las manos por ellas, notó la piel suave y tersa. Miró hacia abajo y se fijó en que las uñas de los dedos perfectos y adorables de sus pies estaban pintadas del mismo tono rosa claro que las de las manos.

Sarah siempre se ponía jeans para ir a clase, ya que eran la mejor opción para tapar sus rechonchas extremidades. Pero aquel día iba a ponerse un vestido. Corrió a su armario y sacó un precioso vestido de color lavanda que su madre le había regalado la primavera anterior. No le gustaba cómo le quedaba, pero ahora le permitía lucir sus bonitos brazos y sus esbeltas piernas. Se puso unas balerinas y admiró su figura en el espejo.

Todavía no tenía exactamente el aspecto que quería (la nariz de papá tenía que desaparecer, eso para empezar), pero estaba haciendo avances, sin duda. Se aplicó el poquito maquillaje que le dejaban llevar, se cepilló el pelo y bajó a desayunar.

Su madre estaba de pie en la cocina revolviendo unos huevos en la sartén.

—¡Pero mírate! ¡Estás impresionante! —la miró de arriba abajo sonriendo—. ¿Hoy les toman la foto de clase o algo así?

—No —dijo Sarah mientras se sentaba a la mesa y se servía un vaso de jugo de naranja—. Es que tenía ganas de arreglarme un poco.

—¿Te arreglas para alguien en especial? —preguntó su madre con tono burlón.

Sarah pensó en Mason Blair un momento, pero enseguida recordó el incidente de la cafetería tirándole la ensalada por encima.

—No, sólo para mí, creo.

Su madre sonrió.

—Pues me gusta mucho oír eso. ¿Quieres huevos?

Sarah sintió un hambre repentina y voraz.

—Sí —contestó.

Su madre sirvió huevos revueltos y una rebanada de pan tostado para cada una y se sentó.

—No sé qué es —empezó a decir—, pero estos dos últimos días te veo mucho más madura y me resulta más fácil hablar contigo —le dio un sorbo a su café y se quedó pensativa—. Quizás estuvieras pasando por una etapa complicada este último año y estés empezando a dejarla atrás.

Sarah sonrió.

—Sí, puede ser.

«La etapa complicada ha sido mi vida entera antes de conocer a Eleanor», pensó Sarah.

En la escuela, vio a Abby en el pasillo y por un momento sintió que la extrañaba. Llevaban toda la vida siendo amigas, desde que pintaban con los dedos y jugaban con plastilina. Pero Abby era muy terca. Si Sarah tenía que esperar a que su amiga se disculpara con ella, podía esperar sentada.

Se acercó hasta el casillero de Abby.

—Hola —dijo Sarah.

—Hola —Abby siguió rebuscando en su casillero y no la miró.

—Oye —empezó Sarah—, siento haberte dicho esas cosas tan feas el otro día.

Abby la miró por fin.

—Bueno, tenías razón. Me siguen gustando los dibujos animados, las calcomanías y los caballos.

—Sí, y no pasa nada. Las calcomanías, los caballos y los dibujos son estupendos. Y tú eres estupenda. Y yo lo siento mucho. ¿Amigas?

Extendió la mano. Abby se rio y le dio un abrazo.

Cuando Abby se apartó, miró a Sarah de arriba abajo.

—Oye, ¿estás más alta?

No había modo de explicar aquello.

—No, es que estoy mejorando la postura.

—Vaya, pues lo estás consiguiendo.

Eleanor había dormido a Sarah con su dulce canción de cuna la noche anterior. Aquella mañana, aún en la cama, se miró el cuerpo a ver si averiguaba qué zonas habían cambiado. Para su sorpresa, las partes de su cuerpo que antes eran blandas y flácidas ahora estaban tersas y torneadas, y otras que eran planas e infantiles ahora lucían redondeadas y femeninas.

Sarah eligió una camiseta ajustada y una minifalda de mezclilla para ir a clase. Su triste brasier sin aros ya no le servía, así que se puso el deportivo que usaba para Educación Física. Le quedaba pequeño.

Durante el desayuno, le preguntó a su madre:

—¿Podemos ir de compras este fin de semana?

—Bueno, cobro el viernes, así que no estaría de más hacer alguna compra —contestó su madre mientras se servía más café—. ¿Buscas algo en particular?

Sarah se miró el pecho y esbozó una sonrisa tímida.

—¡Ay! —exclamó su madre, sorprendida—. Esto sí que no me lo esperaba. Claro, podemos comprarte unos brasieres de tu talla —sonrió y sacudió la cabeza—. No puedo creer lo deprisa que estás creciendo.

—Ni yo.

Y era cierto.

—Es que parece que fuera de la noche a la mañana —dijo su madre.

«Porque así es», pensó Sarah.

En la escuela, Sarah notó que la miraban. Los chicos. Por primera vez, sintió que se fijaban en ella. Sintió que la veían. Era embriagador. Emocionante.

En el pasillo, de camino a clase de Lengua, tres chicos —chicos guapos— la miraron, se miraron entre sí y susurraron algo. Luego se rieron. Pero no era una risa malvada ni burlona.

Preguntándose qué habrían dicho, Sarah se giró para mirarlos y chocó con —¡no, no podía ser, otra vez no!— Mason Blair.

Notó que se ponía roja y se preparó para escuchar que a ver si se fijaba por dónde iba... otra vez.

Pero, en lugar de eso, Mason sonrió. Tenía unos dientes preciosos, rectos y blancos.

—Tenemos que dejar de tropezarnos todo el tiempo —dijo.

—Bueno, creo que más bien soy yo la que choco contigo —se disculpó Sarah—. Por lo menos hoy no llevo una ensalada en la mano.

—Sí —su sonrisa era deslumbrante—. Fue muy gracioso.

—Sí —coincidió Sarah, aunque le resultó raro que ahora dijera que el incidente de la ensalada había sido gracioso. Cuando pasó, a ella le dio la sensación de que le había molestado.

—Bueno, si vas a seguir tropezando conmigo, por lo menos tendré que saber tu nombre. No puedo llamarte «la chica de la ensalada».

—Me llamo Sarah. Pero puedes llamarme «chica de la ensalada» si quieres.

—Encantado de conocerte de verdad, Sarah. Yo soy Mason.

—Lo sé.

Se habría abofeteado a sí misma. Y todo por querer aparentar que estaba tranquila.

—Bueno, pues ya nos veremos, Sarah de la ensalada.

Le dedicó una última sonrisa.

—Nos vemos —dijo Sarah.

Prosiguió su camino a clase de Lengua, pero no podía dejar de pensar en que acababa de tener una conversación —una conversación de verdad— con Mason Blair.

Sarah se sentó al lado de Abby en clase.

—Mason Blair acaba de hablar conmigo —susurró Sarah—. En plan hablar-hablar.

—No me sorprende —contestó Abby también en un susurro—. Algo pasa contigo últimamente.

—¿A qué te refieres?

Abby frunció el ceño como siempre que se ponía pensativa.

—No lo sé. No soy capaz de concretarlo. Es como si desprendieras una luz interior.

Sarah sonrió.

—Sí, así es.

Pero en realidad la luz interior tenía su razón de ser en los cambios que estaba experimentando en el exterior.

Por la noche, después de que Eleanor hiciera sus movimientos típicos para despertarse, Sarah la abrazó. Era extraño abrazar algo tan duro y frío; cuando Eleanor la rodeó con sus brazos, Sarah notó un ligero rastro de algo que podía ser miedo, pero enseguida ahuyentó la sensación. No debía tener miedo de Eleanor. Era su amiga.

—Eleanor —dijo Sarah, liberándose del abrazo—. Estoy contentísima con mi nuevo cuerpo. Es perfecto. ¡Muchas gracias!

—Me alegro —dijo Eleanor inclinando la cabeza hacia un lado—. Lo único que quiero es que seas feliz, Sarah.

—Bueno, pues soy muchísimo más feliz que antes de conocerte —respondió Sarah—. Hoy sentí que la gente me miraba. Y que les gustaba lo que veían. El chico que me gusta desde hace meses hasta se fijó en mí y me habló.

—Eso es magnífico —dijo Eleanor—. Me alegro de haber podido hacer realidad tus deseos.

Una nube negra enturbió el ánimo de Sarah.

—Bueno —dijo—, no todos.

Estiró la mano y se tocó la nariz de papa.

—¿En serio? —Eleanor parecía sorprendida—. ¿Qué más deseas, Sarah?

Sarah respiró hondo.

—Me encanta mi nuevo cuerpo —dijo—. De verdad. Pero soy lo que alguna gente define como guapa, pero guapa de lejos.

Eleanor volvió a inclinar la cabeza.

—¿Guapa de lejos? No te entiendo, Sarah.

—Bueno, ya sabes, lo chicos dicen eso a veces: «Es guapa de lejos, pero mejor si no la miras mucho a la cara».

—¡Ah! Guapa «desde» lejos! —exclamó Eleanor—. Ya lo entiendo —se echó a reír con su risa metálica—. Es muy gracioso.

—No lo es si lo dicen de ti —puntualizó Sarah.

—Sí, supongo que no —dijo Eleanor. Estiró la mano y le tocó la mejilla—. Sarah, ¿de verdad quieres que cambie todo esto? ¿Quieres una cara nueva?

—Sí —dijo Sarah—. Quiero tener la nariz pequeñita, los labios carnosos y los pómulos marcados. Quiero tener las pestañas largas y pobladas, y las cejas bonitas. No quiero parecerme a la señora Cara de Papa.

Eleanor volvió a reír con su risa tintineante.

—Puedo hacer eso por ti, Sarah, pero tienes que entender que es un gran cambio. Puedes mirarte en el espejo y verte las piernas más largas o una silueta con más curvas, y simplemente te parecerá que te haces mayor. Más rápido de lo normal, quizá, pero, bueno, hacerse mayor es lo normal para una niña. Es algo que sabes que va a pasar. Durante toda tu vida, te has mirado al espejo, has visto tu cara y has dicho: «Ésa soy yo». Es verdad que el rostro cambia un poco cuando crecemos, pero sigue siendo reconocible. Ver un rostro completamente distinto cuando mires tu reflejo puede ser un impacto muy grande.

—Es un impacto que deseo. Odio mi cara tal y como es.

—Muy bien, Sarah —dijo Eleanor mirándola a los ojos—. Si tú estás segura...

Después de cenar con su madre y hacer la tarea, Sarah se bañó y se preparó para que Eleanor la durmiera con su canción de cuna. Sin embargo, mientras se acurrucaba bajo las sábanas, le asaltó un pensamiento perturbador.

—¿Eleanor?

—¿Sí, Sarah?

La robot ya estaba de pie junto a su cama.

—¿Qué pensará mi madre si me siento a desayunar por la mañana y tengo una cara completamente diferente?

Eleanor se sentó en la cama.

—Es una buena pregunta, Sarah, pero no se dará cuenta, en realidad. Puede que piense que se te ve especialmente descansada o bien, pero no notará que tu rostro de siempre ha sido sustituido por uno más hermoso. Las madres siempre piensan que sus hijos son guapos: cuando tu madre te mira, siempre ve belleza.

—Ah, okey —dijo Sarah, relajada. Ahora entendía que su madre no comprendiera sus problemas. Pensaba que su hija ya era guapa—. Pues ya estoy lista.

Eleanor tocó el dije de corazón de Sarah.

—Y recuerda…

—Que siempre tengo que llevarlo puesto y nunca jamás quitármelo. Sí, lo recuerdo.

—Bien.

Eleanor le acarició el pelo a Sarah y volvió a cantar:

Duérmete, Sarah, duérmete ya,
y así tus sueños se harán realidad.

Igual que las veces anteriores, Sarah notó los cambios antes de verlos. En cuanto se despertó, levantó las manos y se tocó la nariz. No palpó el bulbo con forma de tubérculo de siempre, sino un coqueto botoncito. Se pasó las manos por los lados de la cara y notó unos pómulos claramente definidos. Se tocó los labios y los sintió más llenos que antes. Salió de la cama de un salto y fue a mirarse.

Era increíble. La persona que Sarah vio en el espejo era totalmente diferente a la de siempre. Eleanor tenía razón: era impactante. Pero era un impacto

SCOTT CAWTHON - ELLEY COOPER

bueno. Todo lo que odiaba de su aspecto había desaparecido y había sido sustituido por una perfección absoluta. Tenía los ojos grandes y de un azul más profundo, ribeteados de pestañas largas y oscuras. Sus cejas eran dos arcos delicados. La nariz era pequeña y perfectamente recta, y tenía una sonrosada boquita de piñón. El pelo, aunque seguía siendo castaño, se veía más denso y brillante, y caía en ondas suaves y armoniosas. Se miró de arriba abajo. Sonrió a su reflejo con unos dientes blancos y rectos. Perfecto. El pack completo.

Repasó la ropa de su armario. Nada parecía digno de su nueva belleza. A lo mejor, cuando su madre la llevara a comprar brasieres, podían buscar algunos conjuntos. Tras una larga deliberación, por fin eligió un vestido rojo que se había comprado en un arrebato y que nunca se había atrevido a ponerse. Pero aquel día se merecía ser el centro de atención.

Ir a la escuela fue una experiencia completamente nueva. Notaba que todos la miraban, los chicos y las chicas. Cuando miró a las Guapas, que resultaba que también iban de rojo aquel día, ellas le devolvieron la mirada, no con desdén, sino con interés.

A la hora de la comida, articuló un «hola» en silencio a Abby y se fue directa adonde estaban sentadas las Guapas. Aquella vez no se sentó directamente a su mesa, sino que fingió que pasaba de largo.

—Oye, tú, la nueva —la llamó Lydia—. ¿Quieres sentarte con nosotras?

No era nueva en la escuela, en absoluto, pero su aspecto sí que era nuevo.

—Está bien, gracias —dijo.

Intentó sonar despreocupada, como si no le importara sentarse con ellas o con otra gente, pero por dentro estaba tan emocionada que habría dado volteretas de alegría.

—Bueno —dijo Lydia—, ¿cómo te llamas?

—Sarah —esperaba que Sarah afuera un nombre aceptable para ellas. No estaba mal. No se llamaba Hilda, ni Bertha, ni nada así.

—Yo soy Lydia —se apartó la melena rubia lustrosa. Era guapísima, tanto que podría ser modelo. Podría salir en cualquiera de las fotos de la pared de la habitación de Sarah—. Y ellas son Jillian, Tabitha y Emma.

No les hacía falta presentarse, pero Sarah las saludó como si no las hubiera visto nunca.

—Oye —dijo Lydia—, ¿de quién es tu vestido?

Sarah había visto muchos programas de moda en la tele y sabía que Lydia le estaba preguntando quién era el diseñador.

—Es de Saks, de la Quinta Avenida —contestó.

Era verdad. En la etiqueta del vestido decía SAKS FIFTH AVENUE. Pero Sarah y su madre lo habían comprado en una tienda de segunda mano en el pueblo. Su madre estaba emocionadísima cuando lo encontraron. Le encantaba comprar ropa de segunda mano.

—¿Vas mucho a Nueva York? —le preguntó Lydia.

—Un par de veces al año —mintió Sarah.

Sólo había estado en Nueva York una vez, a los once años. Ella y su madre habían visto un espectáculo en Broadway, habían tomado el ferri a la Estatua de la Libertad y habían subido al Empire State. No habían entrado en ninguna tienda de lujo. La única prenda de ropa que se había comprado Sarah era una camiseta de I LOVE NEW YORK en una tienda de souvenirs. Después de unas pocas lavadas, el tejido se había quedado en nada, pero a veces se la ponía para dormir.

—Oye, Sarah —dijo Emma, mirándola con sus ojos cafés de cervatillo—, ¿y a qué se dedican tu madre y tu padre?

Sarah intentó no sentir dolor al oír la palabra «padre».

—Mi madre es trabajadora social, y mi padre… —antes de que su padre dejara a su madre, era camionero. Ahora ni siquiera sabía a qué se dedicaba ni dónde vivía. Se mudaba a menudo y cambiaba de novia con frecuencia. Llamaba a Sarah en Navidad y por su cumpleaños—. Es… Es abogado.

Las Guapas asintieron en señal de aprobación.

—Una última pregunta… —era Jillian, la pelirroja de ojos verdes y felinos—. ¿Tienes novio?

Sarah notó que se le encendía el rostro.

—No, ahora mismo no.

—Bueno —prosiguió Jillian inclinándose hacia delante—. Pero ¿te gusta algún chico?

Sarah sabía que tenía que estar tan roja como su vestido.

—Sí.

Jillian sonrió.

—¿Y cómo se llama…?

Sarah miró alrededor para asegurarse de que no anduviera cerca.

—Mason Blair —dijo casi en un susurro.

—Uhh, está bueno —exclamó Jillian.

—Muy bueno —coincidió Lydia.

—Está bueno —repitieron las otras dos a coro.

—A ver —dijo Lydia mirando a Sarah—, no vayas a andar detrás de nosotras como un perrito faldero, pero si quieres sentarte con nosotras en el comedor, siéntate. Los domingos por la tarde vamos al centro comercial y nos probamos ropa y maquillaje, y a veces nos comemos un yogur helado. No es muy divertido, pero no hay mucho más que hacer. Este pueblo es súper aburrido.

Bostezó exageradamente.

—Súper aburrido —le dio la razón Sarah, pero por dentro estaba bullendo de la emoción.

Lydia asintió.

—Vamos a quedar de vernos un día y a ver qué tal. Si va todo bien, a lo mejor el año que viene puedes hacer las pruebas para entrar en el equipo de animadoras. Considera esto un periodo de prueba.

Sarah salió del comedor sonriendo para sí. Abby la alcanzó.

—Cualquiera diría que te estaban haciendo una entrevista de trabajo —exclamó Abby. Llevaba unos pants grises con una sudadera morada que no le marcaba la silueta en absoluto.

—Sí, más o menos. Pero me invitaron a salir con ellas un día, así que creo que pasé la prueba.

No podía dejar de sonreír.

Abby enarcó una ceja.

—¿Y ésas son las amigas que quieres? ¿Unas que te hacen pasar una prueba?

—Son geniales, Abby. Saben de moda, maquillaje y chicos.

—Son superficiales. Son tan superficiales como un charco de lluvia. No, no: son tan superficiales que a su lado un charco parece el océano Atlántico.

Sarah sacudió la cabeza. Quería a Abby, la quería mucho, pero ¿por qué tenía que ser tan criticona?

—Pues son las que mandan en la escuela. Así es como funciona. La gente guapa es la que consigue lo que quiere —miró a Abby, su preciosa piel morena y sus ojazos de color avellana—. Tú también podrías ser guapa, Abby. Serías la chica más guapa de la escuela si te quitaras los lentes, dejaras de hacerte trenzas y te compraras ropa menos ancha.

—Si no llevara los lentes, me daría contra las paredes —protestó Abby con un tono algo afilado—. Y me gustan mis trenzas y mi ropa ancha. Sobre todo esta sudadera. Es muy calientita —se encogió de hombros—. Supongo que me gusto como soy. Perdona si no soy lo bastante cool o moderna. No soy como las animadoras ni ninguna de esas modelos y cantantes con las que has tapizado tu habitación. Pero, ¿sabes qué?, soy buena persona, no juzgo a la gente por su aspecto ni por el dinero que tiene, ¡y no necesito hacerle un cuestionario a nadie para decidir si voy a permitirle salir conmigo! —Abby miró a Sarah, escudriñándola—. Has cambiado, Sarah. Y no a mejor.

Le dio la espalda y se alejó por el pasillo.

Sarah sabía que Abby estaba un poco enfadada con ella. Pero también sabía que una disculpa y un abrazo arreglarían las cosas en cuanto se le pasara el enojo inicial.

Después de que sonara el timbre, cuando iba camino al autobús, Sarah notó una presencia detrás de ella.

—Hola —dijo una voz masculina.

Se dio la vuelta y vio a Mason Blair, perfectamente ataviado con una camisa azul que resaltaba el color de sus ojos.

—Oh… Hola.

—Lydia me dijo que hoy estuvieron hablando de mí en el comedor.

—Bueno, yo… Eh…

Sarah quería salir corriendo.

—Oye, si no tienes planes, ¿quieres venir a The Brown Cow conmigo a tomar un helado?

Sarah sonrió. No podía creer la buena suerte que estaba teniendo aquel día.

—No tengo planes, no.

The Brown Cow no era más que una pequeña construcción de concreto donde vendían helados y malteadas. Estaba delante de la escuela, pero Sarah solía resistir la tentación de pararse allí porque siempre andaba preocupada por su peso.

Se colocó al lado de Mason en el mostrador, donde una mujer de aspecto aburrido anotaba los pedidos.

—¿Vaso o cono? —le preguntó.

—Cono —contestó ella, haciendo ademán de abrir el bolso.

—No —dijo Mason levantando la mano—. Yo te invito. Es una cita asequible. Me lo puedo permitir.

—Gracias.

Había dicho «cita». Era una cita de verdad. La primera de Sarah.

SCOTT CAWTHON - ELLEY COOPER

Se sentaron uno frente al otro en una mesa de picnic. Mason atacó su helado con ganas, pero Sarah se limitó a dar pequeños lametazos. No quería comer como una cerda delante de Mason, y le daba miedo mancharse el vestido y parecer una persona sucia. Pero, aun con su vergüenza, tenía que admitir que el helado estaba delicioso.

—Hacía muchísimo que no tomaba un helado tan bueno —dijo.

—¿Por qué? —preguntó Mason—. ¿Para mantener la línea?

Sarah asintió.

—No te preocupes por eso —dijo Mason—. Estás perfecta. Es curioso. Llevas mucho tiempo en esta escuela, ¿no? No entiendo por qué no me había fijado en ti antes.

Sarah notó que se ruborizaba.

—Te fijaste en mí cuando choqué contigo con la ensalada, ¿verdad?

Mason la miró con sus ojos azul agua y sus pestañas oscuras.

—Aquel día no me fijé en ti como debía. Está claro que tengo que prestar más atención.

—Y yo —dijo Sarah—. A ver si dejo de tirarme encima de la gente con cosas que manchan.

Mason se echó a reír enseñando unos dientes blancos insuperables.

Sarah estaba asombrada de lo segura que se sentía gracias a su nuevo aspecto. Podía comer helado con un chico guapo y bromear con él. La antigua Sarah se habría muerto de vergüenza. Además, ningún chico guapo habría invitado a la antigua Sarah Cara de Papa a tomar un helado.

Una vez que se hubieron terminado los helados, Mason dijo:

—Oye, ¿vives cerca? Si quieres, te acompaño.

Sarah sintió una punzada de ansiedad. El padre de Mason era médico, y su madre era una agente inmobiliaria de éxito, de esas cuya cara ilustra los carteles de las casas en venta por toda la ciudad. Probablemente viviera en una mansión en el barrio rico. No estaba preparada para que la acompañara y pasar con él al lado del deshuesadero para llegar a la sencilla casita de dos habitaciones que compartía con su madre, quien cobraba lo justo para vivir al día.

—Eh… Tengo que hacer un par de mandados esta tarde. ¿Lo dejamos para otro día?

—Ah, está bien. Claro —¿Eran imaginaciones de Sarah o parecía un poco decepcionado? Se miró los pies y luego a Sarah—. Bueno, a lo mejor podríamos salir más en serio un día. ¿Pizza y cine?

Sarah estaba segura de que el corazón le acababa de dar un vuelco.

—Me encantaría.

A él se le iluminó la cara.

—¿Qué tal el sábado? Si no tienes planes, claro.

Sarah resistió las ganas de reír. ¿Acaso había tenido planes algún sábado de su vida? En cualquier caso, no quería parecer demasiado emocionada.

—Creo que no, ya está.

—Genial. Pues nos vemos para salir.

Sarah no podía esperar a que Eleanor se despertara para contarle cómo había ido el día. Por fin, después de lo que le pareció una eternidad, Eleanor giró la cintura, levantó los brazos y la saludó:

—Hola, Sarah.

Ella corrió hasta donde estaba Eleanor y la tomó de las manos.

—¡Ay, Eleanor, hoy ha sido el mejor día de mi vida!

Eleanor giró la cabeza.

—Cuéntame, Sarah.

Se dejó caer en la cama y se sentó sobre un cojín.

—No sé ni por dónde empezar. Las Guapas me han dejado sentarme con ellas en el comedor, y nos quedamos de ver el domingo en el centro comercial.

Eleanor asintió.

—Qué buena noticia, Sarah.

Sarah se inclinó hacia delante y abrazó el viejo oso de peluche que estaba en la cama.

—¡Y luego Mason Blair me llevó a tomar un helado después de clase, y me invitó a cenar y al cine el sábado!

—Eso es muy emocionante —Eleanor se acercó a Sarah, se dobló por la cintura y le tocó la mejilla—. ¿Es un chico guapo, Sarah?

Sarah asintió. No podía dejar de sonreír.

—Sí. Mucho.

—¿Estás contenta, Sarah?

Ella se rio y repitió:

—Sí. Mucho.

—¿Te he dado todo lo que deseabas?

Sarah no podía pensar en ningún otro deseo. Era hermosa y perfecta, y su vida era hermosa y perfecta, a juego.

—Sí.

—Entonces yo también tengo todo lo que deseaba —dijo Eleanor—. Pero recuerda, aunque todos tus deseos se hayan hecho realidad, tienes que seguir llevando el collar. No puedes…

—Quitármelo nunca jamás —terminó la frase Sarah.

Siempre sentía la tentación de preguntarle a Eleanor qué pasaría si se lo quitaba, pero una parte de ella tenía miedo a lo que pudiera contestarle.

—Hacerte feliz me hace feliz, Sarah —afirmó Eleanor.

Sintió que las lágrimas asomaban a sus nuevos ojos, azules y preciosos. Sabía que nunca tendría una amiga mejor que Eleanor.

El sábado, Sarah estaba hecha un manojo de nervios. Desde que se despertó, sólo podía pensar en la cita. A la hora del desayuno, estaba demasiado nerviosa para comer, aunque su madre había hecho pan francés, que era su plato preferido.

—Me llevarás a la pizzería a las seis, ¿verdad? —preguntó.

—Claro —contestó su madre mientras hojeaba el periódico.

—Pero me dejas allí y te vas, ¿de acuerdo? No entres conmigo ni nada.

Su madre sonrió.

—Te prometo que no pondré en riesgo tu relación dejando que tu novio vea mi horripilante cara.

Sarah se echó a reír.

—No es eso, mamá. Si eres guapísima. Pero es que es muy infantil que tu madre te acompañe, ¿sabes?

—Lo sé —dijo su madre antes de darle un sorbo al café—. Yo también tuve catorce años una vez, lo creas o no.

—¿Ibas en dinosaurio a las citas con tus novios? —preguntó Sarah.

—A veces —dijo su madre—. Pero prefería invitar al chico a la caverna familiar —le alborotó el pelo a Sarah—. No seas pesada, no vaya a decidir que soy demasiado vieja y decrépita para llevarte esta noche. ¿Ya sabes qué te vas a poner?

Ante aquella pregunta, Sarah dejó escapar un quejido dramático.

—¡No sé! A ver, sólo es ir a cenar pizza y al cine, así que tampoco quiero arreglarme como para una boda, ¡pero a la vez es muy importante que esté guapa!

—Pues entonces ponte unos jeans y una camiseta bonita. Eres muy guapa, Sarah. Estarás preciosa te pongas lo que te pongas.

—Gracias, mamá.

Recordó lo que le había dicho Eleanor de que las madres siempre creían que sus hijos eran guapos. Sabía que su madre habría dicho lo mismo antes de que llegara la ayuda de Eleanor.

Cuando la madre de Sarah se detuvo en el estacionamiento de Pizza Palazzo, Sarah sentía tantas mariposas en el estómago que no creía que fuera a quedarle sitio para la comida. Pero sabía que estaba guapa, y eso al menos la tranquilizaba.

—Mándame un mensaje cuando acabe la película y vengo a recogerte —le dijo su madre. Apretó la mano de su hija—. Pásatela bien.

—Lo intentaré —dijo Sarah.

Hasta hacía nada, la idea de salir con Mason Blair era tan inalcanzable como salir con un cantante famoso. Era una fantasía, algo con lo que había soñado, pero que no imaginaba que pudiera hacerse realidad. ¿Por qué estaba tan nerviosa si aquello era algo que deseaba desde hacía tanto? Quizás aquello fuera lo que la ponía nerviosa, lo mucho que lo deseaba.

Sin embargo, cuando cruzó la puerta del Pizza Palazzo y vio a Mason esperándola en la entrada se relajó enseguida. Él esbozó su bonita sonrisa en cuanto la vio:

—Hola. Estás muy guapa —dijo.

—Gracias —la verdad era que el top turquesa que había elegido le hacía juego con los ojos—. Tú también.

Iba vestido informal, con una sudadera de capucha y una camiseta de un videojuego, pero él estaba guapo con cualquier cosa.

Después de sentarse a la mesa con mantel de cuadros rojos, en sendos sillones de piel sintética también rojos, Mason tomó la carta y dijo:

—¿Cómo te gusta la pizza? ¿Masa fina? ¿Masa gruesa? ¿Ingredientes preferidos?

—Soy flexible —dijo Sarah. A pesar de su nerviosismo inicial, empezaba a tener hambre—. Me gusta la pizza en general. Excepto una cosa. Nada de piña en la pizza, jamás.

—¡Por supuesto! —exclamó Mason entre risas—. La piña en la pizza es un delito. Debería ser ilegal.

—Me alegra que estemos de acuerdo —dijo Sarah—. Si no, tendría que levantarme ahora mismo y dejarte aquí plantado.

—Y lo tendría totalmente merecido —añadió Mason—. La gente que come pizza con piña se merece estar sola.

Decidieron pedir una pizza de masa fina con *pepperoni* y champiñones, y charlaron animadamente de sus respectivas familias y aficiones mientras cenaban. Mason tenía muchas aficiones, y Sarah se dio cuenta de que ella probablemente no tenía suficientes. Antes de Eleanor, se pasaba demasiado tiempo preocupada por su aspecto. Ahora que el problema estaba resuelto, tenía que diversificar un poco: escuchar más música, leer más, quizás hacer yoga o natación… De pequeña le encantaba nadar, pero desde que empezó la escuela le daba demasiada vergüenza que la vieran en traje de baño.

Para cuando terminaron y salieron de la pizzería para ir al cine de al lado, Sarah sentía que empezaban a conocerse. No era sólo guapo. También era simpático y gracioso. Y, en la sala de cine a oscuras, cuando Mason le sujetó la mano, Sarah vivió el momento más perfecto de una noche perfecta.

Cuando llegó a casa y se estaba poniendo el camisón, Eleanor se le acercó por detrás sin hacer ruido y le puso una mano en el hombro.

Sarah se sobresaltó, pero se repuso enseguida.

—Hola, Eleanor —la saludó.

—Hola, Sarah. ¿Cómo te fue en tu cita? —le preguntó.

Sarah notó que sonreía sólo con recordarlo.

—Genial —dijo—. Es guapísimo, pero es que además me encanta su carácter, ¿sabes? Me preguntó si quería ir con él al partido de basquetbol la semana que viene. No me interesa nada el basquetbol, pero él sí, así que voy a ir.

Eleanor se rio con una carcajada metálica.

—Entonces, ¿la noche estuvo como esperabas?

Sarah sonrió a su amiga robótica.

—Aún mejor.

—Me hace feliz que seas feliz —dijo Eleanor, y luego volvió a su sitio en el rincón—. Buenas noches, Sarah.

Por la mañana, Sarah se encontró con su madre en el cuarto de lavado.

—¿Puedes llevarme al centro comercial a ver a mis amigas esta tarde? —le preguntó.

Su madre levantó la vista de la secadora y sonrió.

—Vaya vida social tienes este fin de semana. ¿A qué hora quedaste de verte con ellas?

Dobló una toalla y la dejó en el cesto de la ropa.

—Sólo me dijeron que por la tarde —dijo Sarah.

—Pero eso no es muy concreto, ¿no? —preguntó su madre mientras doblaba otra toalla.

—No sé. Por como me lo dijeron, parecía que tenía que saber yo la hora.

Le había resultado tan fuerte sentirse aceptada por las Guapas, aunque fuera en periodo de prueba, que le había dado vergüenza preguntar.

—¿Tus amigas nuevas esperan que seas adivina? —preguntó su madre.

—No te gustan mis amigas nuevas, ¿verdad? —dijo Sarah.

—No conozco a tus amigas nuevas, Sarah. Sólo sé que son unas chicas que antes no te daban ni la hora, y ahora de repente te invitan a salir con ellas. Es un poco raro. No sé, ¿qué ha cambiado?

«Yo he cambiado —pensó Sarah—. Mírame.» Pero en lugar de eso dijo:

—A lo mejor es que ahora se dieron cuenta de que valgo la pena.

—Sí, pero ¿por qué tardaron tanto? —dijo su madre—. ¿Sabes qué amiga tuya me gusta mucho? Abby. Es lista y amable, y es una persona clara. Siempre sabes a qué atenerte con alguien como Abby.

Sarah no quería decirle a su madre que Abby y ella no se hablaban, así que cambió de tema:

—A las cuatro. ¿Me llevas al centro comercial a las cuatro?

—Está bien —su madre le lanzó una toalla—. Anda, ayúdame a doblar la ropa limpia.

Cuando su madre la dejó en el centro comercial, Sarah se dio cuenta de que Lydia tampoco le había dicho dónde habían quedado de verse. El centro comercial no era tan grande, pero sí lo suficiente para que buscarlas fuera un poco como jugar al escondite. Podía mandarle un mensaje a Lydia, claro, pero, sin saber por qué, sentía que para que la aceptaran en el grupo tenía que adivinar cómo hacían las cosas sin parecer una pesada. Si estaba en periodo de prueba, no quería meter la pata. Un movimiento en falso y volvería a comer en la mesa de los perdedores.

Después de pensarlo un rato, decidió ir a Diller's, la tienda más cara del centro comercial. Las Guapas no iban a estar en un sitio barato.

Su intuición no la defraudó. Las encontró en la parte delantera de la tienda, en la sección de cosméticos, probándose labiales.

—¡Sarah, al final conseguiste venir! —exclamó Lydia esbozando una sonrisa pintada de carmesí.

Cuando Lydia le sonrió, las demás también sonrieron.

—Hola —dijo Sarah devolviéndoles la sonrisa.

Y es que sí, al final lo había conseguido, ¿no? Y no sólo ir al centro comercial. Había conseguido ser guapa, tener un novio guapísimo y ser amiga de las chicas más cool de la escuela. Nunca habría pensado que su vida fuera a ir así de bien.

—Ay, Sarah, deberías probarte este color —dijo Jillian tendiéndole labial con tapón dorado—. Es rosa con purpurina. Va genial con tu tono de piel.

Sarah tomó el labial, se inclinó sobre el exhibidor del maquillaje para mirarse en el espejo y se lo aplicó. Le quedaba muy bien. Iba a juego con el esmalte de uñas rosa que nunca parecía estropeársele en los dedos de las manos y los pies.

—Parece un labial de princesa —dijo mientras estudiaba su reflejo encantada.

—Totalmente —dijo Tabitha mientras abría otro lápiz labial de un tono diferente—. Su alteza real, la princesa Sarah.

—Deberías comprártelo —dijo Lydia, mirándola con gesto de aprobación.

Sarah intentó mirar el precio disimuladamente. Cuarenta dólares. Esperó que no se le notara el susto. Era más de lo que había pagado por la ropa que llevaba puesta. Pero, claro, dudaba que vendieran labiales en las tiendas de segunda mano.

—Lo voy a pensar —dijo.

—Ay, vamos —dijo Emma—. Date un capricho.

—Quiero mirar un poco más primero —se excusó Sarah—. Acabo de llegar…

No quería reconocer que sólo llevaba dinero suficiente para un yogur helado y un refresco. Las Guapas, sin embargo, se compraron labiales, sombras de ojos, rubores y lápices de cejas, derrochando el dinero que llevaban o usando las tarjetas de crédito de sus padres.

Cuando terminaron de comprar en la perfumería, fueron a mirar vestidos de fiesta, porque, como dijo Lydia, «el baile de fin de año estaba a la vuelta de la esquina».

—Pero ¿no es sólo para los de los dos últimos cursos? —preguntó Sarah.

—Para los de los dos últimos cursos y sus parejas —puntualizó Lydia—. Si encuentras a alguien mayor con quién ir, entonces está a la vuelta de la esquina —le dio un codazo a Sarah—. Qué pena que Mason sea de nuestra edad.

—Ya —dijo Sarah.

Aunque no lo decía en serio. Le gustaba Mason con la edad que tenía. Además, no sabía si estaba preparada para salir con un chico mayor.

Los vestidos eran muy bonitos. Eran del color de las joyas: amatista, zafiro, rubí, esmeralda. Algunos tenían lentejuelas, otros eran de satín brillante, y otros, semi-transparentes, con encaje y tul. Se probaron vestidos por turnos e hicieron pases de modelos ante el espejo, tomándose fotos con el celular unas a otras. Después de media hora mirándolas con mala cara, una dependienta se acercó y les dijo:

—Chicas, ¿les interesa comprar algo o están jugando a los disfraces?

Dejaron los vestidos y salieron del departamento de ropa de fiesta riéndose.

—Creo que a esa dependienta no le caímos muy bien —dijo Jillian cuando salían de la tienda.

—¿Qué más da? —dijo Lydia entre risas—. A mí que no me diga nada. Es una simple dependienta. Con suerte ganará el salario mínimo, cuando mucho. Apuesto a que no puede permitirse la ropa que vende.

Fueron a la zona de restaurantes, pidieron unos yogures helados y se divirtieron comentando lo malas que habían sido.

—«¿Les interesa comprar algo o están jugando a los disfraces?» —repetía Lydia una y otra vez, imitando a la dependienta.

Todas se reían, y Sarah reía siguiéndoles el juego, aunque pensaba que a lo mejor se estaban pasando un poco con la dependienta, que sólo estaba haciendo su trabajo. Jillian y Emma habían dejado los vestidos que se habían probado tirados en un montón arrugado en el suelo del probador. Seguramente, la dependienta habría tenido que recogerlo todo.

Pero ¿quién era ella para criticar a las Guapas? Era un honor que la hubieran invitado a salir con ellas. Era un plan emocionante y glamoroso; se sentía como la invitada de un programa de la tele. Le daba igual lo que hicieran o lo que dijeran, la hacía feliz sentirse incluida. El día anterior a su cita con Mason había sido perfecta, y aquél había salido con las Guapas. ¿Cómo le iba a expresar su gratitud a Eleanor? Nada de lo que dijera sería suficiente.

Aquella noche, cuando Eleanor cobró vida, Sarah se puso a dar saltos y se abrazó al cuerpecito duro de la robot.

—Gracias, Eleanor. Gracias por un fin de semana perfecto.

—De nada, Sarah —Eleanor la abrazó también y, como le pasaba siempre, la asaltó una sensación incómoda. No había suavidad alguna en su abrazo—. Es lo mínimo que puedo hacer. Tú me has dado mucho.

Sarah se metió contenta en la cama, pero su descanso se vio interrumpido por un sueño extraño. Tenía una cita con Mason, habían ido al cine, pero cuando él fue a darle la mano, no era su mano la que notó, sino la de Eleanor: pequeña, blanca, metálica y fría, la misma mano que había tomado cuando sacó a la chica robot de la cajuela del coche. Cuando se giró para mirar a Mason en el sillón de al lado, vio que se había convertido en Eleanor. La robot sonrió, revelando una boca llena de dientes afilados.

En el sueño, Sarah gritó.

Abrió los ojos y se encontró a Eleanor de pie junto a su cama, con la cabeza inclinada hacia delante, mirándola fijamente con sus ojos verdes e inexpresivos.

Sarah ahogó un grito.

—¿Hice algún ruido mientras dormía?

—No, Sarah.

Sarah miró a Eleanor, que estaba tan cerca de su cama que la rozaba.

—Entonces, ¿qué haces de pie junto a mi cama?

—¿No lo sabías, Sarah? —dijo Eleanor extendiendo una mano para apartarle el pelo de la cara—. Lo hago cada noche. Te vigilo. Me aseguro de que estés a salvo.

Quizá fuera por culpa del sueño, pero por alguna razón no quería que Eleanor la tocara.

—¿A salvo de qué? —preguntó.

—A salvo del peligro. De cualquier peligro. Quiero protegerte, Sarah.

—Eh, está bien. Gracias, supongo.

Agradecía que Eleanor se preocupara por ella. Agradecía todo lo que había hecho por ella, pero, aun así, le resultaba un poco desagradable que alguien la vigilara sin que ella fuera consciente…, por mucho que lo hiciera con su mejor intención.

—Puedo quedarme junto a la puerta si te resulta más cómodo, Sarah —dijo Eleanor.

—Sí, creo que será mejor.

Sarah estaba segura de que no podría volver a dormirse con Eleanor de pie a su lado.

La robot se desplazó hasta la puerta y montó guardia allí.

—Buenas noches, Sarah. Que duermas bien.

—Buenas noches, Eleanor.

Sarah no durmió bien. No sabía qué era, pero algo andaba mal.

En la cafetería, Sarah se puso a la cola con las demás Guapas para vaciar la bandeja. Lydia les había mandado un mensaje la noche anterior para que todas se pusieran jeans skinny, así que Sarah también los llevaba. Se había comprado los jeans, unas cuantas camisetas y dos pares de zapatos cuando su madre la había llevado de compras la semana anterior. También se había comprado brasieres que hacían justicia a su nueva silueta.

—¿Vieron cómo va? Se viste como una niña de preescolar —dijo Lydia.

—Como una niña de preescolar pobre —añadió Tabitha.

Horrorizada, Sarah se dio cuenta de que criticaban a Abby, que estaba tirando los restos de su bandeja delante de ellas. Era verdad que Abby llevaba un overol rosa, por lo que el comentario de preescolar no estaba fuera de lugar. Pero era mezquino reducir el valor de alguien a la ropa que llevaba puesta.

—Es Abby —se oyó decir a sí misma—. Es muy simpática. Es mi amiga desde la guardería.

Estuvo a punto de decir «mi mejor amiga», pero se frenó a tiempo.

—Sí —dijo Lydia riéndose—. Pero tú te has comprado ropa nueva desde la guardería, y ella no.

Las Guapas se echaron a reír. Sarah hizo el amago de sonreír, pero no fue capaz.

Cuando le llegó el turno de vaciar su bandeja, pisó algo que había en el suelo cerca del bote de la basura. Sus zapatos nuevos eran muy bonitos, pero la suela no tenía buen agarre. Le pareció que tardaba una eternidad en caerse, pero seguro que fue cuestión de segundos. Se quedó despatarrada en el suelo delante de toda la escuela.

—¡Sarah, eso estuvo muy gracioso! —exclamó Lydia—. ¡Qué torpe!

Estaba doblada de la risa.

Todas las Guapas se reían a coro y decían:

—¿Vieron cómo se cayó?

—Cayó como un saco de ladrillos.

—Qué golpazo.

En mitad de su confusión, Sarah no sabía quién estaba diciendo qué. Sus voces sonaban distantes y distorsionadas, como si las escuchara bajo el agua.

Intentó levantarse, pero algo raro estaba sucediéndole a su cuerpo. Había oído unos extraños ruidos metálicos y no sabía de dónde salían. No tenía ningún sentido, pero parecían provenir de su interior.

El cuerpo le temblaba entre sacudidas y no podía moverlo como de costumbre. No tenía el control de sí misma. Estaba asustada. ¿Se habría hecho mucho daño? ¿Debería llamar alguien a su madre? ¿O a una ambulancia?

¿Y por qué sus nuevas amigas no la ayudaban? Seguían riéndose y mofándose de lo ridículo y gracioso que era todo.

Entonces las risas de las Guapas se transformaron en gritos.

Como si lo oyera desde muy lejos, Sarah oyó que Lydia gritaba:

—¡¿Qué le está pasando?! ¡No entiendo nada!

—¡No lo sé! —chilló otra de las chicas—. ¡Que alguien haga algo!

—¡Busquen a un profesor, rápido! —exclamó otra más.

De pronto, Sarah se vio asaltada por un pensamiento horrible. Se llevó la mano al cuello. El collar que Eleanor le había dado —el que nunca jamás tenía que quitarse— no estaba. Debía de habérsele caído al resbalar. Giró la cabeza y lo vio en el suelo, lejos del alcance de su brazo. Tenía que recuperarlo.

Una mano se acercó para ayudarla. Sarah levantó la mirada y vio que era la mano de Abby. La sujetó y dejó que la levantara, aunque sólo alcanzó a quedarse de pie en una postura extraña.

Cuando Sarah miró hacia abajo, descubrió la razón de los gritos de las chicas. Su cuerpo estaba cambiando. De la cintura para abajo ya no era una niña de carne y hueso, sino un revoltijo de engranajes, radios de bicicleta, rines y trozos de metal oxidados. Piezas inútiles de vehículos, como salidas de un deshuesadero.

Miró a Abby y vio el terror en el rostro de su amiga.

—Te… Tengo que irme —dijo Sarah.

Su voz sonaba distinta, metálica y áspera.

Abby le tendió el dije.

—Se te cayó esto —le dijo.

Tenía los ojos llorosos.

—Gracias, Abby. Eres una buena amiga —le dijo Sarah.

No les dijo nada a las Guapas, que se habían alejado y hablaban entre sí en voz baja.

Sarah tomó el dije y corrió todo lo que le permitieron sus nuevas piernas metálicas y caóticas, fuera de la cafetería y de la escuela. Tenía que llegar a casa. Eleanor sabría qué hacer, sabría cómo ayudarla.

Seguía transformándose. El torso se le puso duro; cuando corría, chirriaba como una puerta cuyas bisagras necesitaran engrasarse. Intentó ponerse el collar otra vez, pero sus dedos eran demasiado rígidos para acertar con el broche.

Mientras se apresuraba por la acera con paso estrepitoso y renqueante, la gente se paraba a mirarla. Los conductores bajaban la velocidad para observarla boquiabiertos. No parecían preocupados, ni siquiera confundidos. Parecían asustados. Sarah era un monstruo, parecía un ser creado por un científico loco en un laboratorio. Sólo era cuestión de tiempo que sus conciudadanos empezaran a perseguirla con palos y antorchas. Tenía ganas de llorar, pero al parecer el engendro en la que se estaba convirtiendo era incapaz de generar lágrimas. Quizá las lágrimas la oxidarían aún más.

Notaba las articulaciones cada vez más rígidas, y se le hacía más y más difícil correr. Pero tenía que llegar a casa. Eleanor era la única que podía ayudarla.

Por fin, después de lo que le parecieron horas, llegó a su casa. Se las arregló para introducir la llave en la cerradura. Cruzó a duras penas la sala y recorrió el pasillo llamándola:

—¡Eleanor! ¡Eleanor!

Su voz sonaba terroríficamente metálica y afilada.

Eleanor no estaba en el rincón de siempre del cuarto de Sarah. Miró en el armario, debajo de la cama, abrió el baúl. Ni rastro.

Sarah recorrió la casa trastabillando, buscando en la habitación de su madre, en el baño, en la cocina, sin dejar de llamar a Eleanor con su nueva y horrenda voz.

El garage era el único sitio donde no había mirado. Intentó salir por la puerta de la cocina, pero las manijas cada vez eran más complicadas de manipular. Por fin, tras varios minutos de desesperado forcejeo, llegó al garage en penumbra.

—¡Eleanor! —gritó otra vez.

Tenía la mandíbula rígida, y cada vez le resultaba más difícil articular las palabras. Sus «Eleanor» sonaban más bien como «Eh-noh».

A lo mejor la chica robot estaba escondiéndose de ella a propósito. Tal vez aquello era una especie de broma o de juego. Miró el armario del garage, que llegaba hasta el techo, en la pared del fondo. Parecía un buen escondite. Con dificultad, agarró la manija de la puerta y jaló.

Se produjo una avalancha. Un montón de bolsas de plástico transparente, que contenían objetos de distinto tamaño y peso, cayeron del armario al suelo con un golpe sordo y maloliente.

Sarah miró al suelo. Al principio su cerebro apenas consiguió procesar lo que estaba viendo. Dentro de una bolsa había una pierna; en otra, un brazo. Piernas y brazos humanos. No eran partes del cuerpo de un adulto, y no parecían el resultado de ningún accidente. La sangre se acumulaba al fondo de las bolsas, pero las extremidades habían sido seccionadas con cuidado, como si se tratara de una amputación quirúrgica. Otra bolsa, llena de vísceras entremezcladas y sangrientas, y con algo que parecía un hígado, se deslizó de un estante del armario y aterrizó en el suelo con un chapoteo.

¿Por qué había un cadáver descuartizado en su garage? Sarah no entendía nada, hasta que de pronto vio una bolsa pequeña que contenía su famosa nariz con forma de papa. Pegó un grito, pero el sonido que salió de su garganta era como el chirrido de los frenos de un coche.

Detrás de ella sonó una risa metálica y tintineante.

Sarah apenas podía mover la parte inferior del cuerpo, pero se dio la vuelta como pudo para mirar a Eleanor.

—Yo hice realidad tu deseo, Sarah —dijo la hermosa robot con otra risita metálica—. Y a cambio...

Sarah se fijó en algo que no había visto hasta entonces: Eleanor tenía un botón con forma de corazón justo debajo del cuello que era una copia exacta de su dije de corazón.

Eleanor se rio otra vez y pulsó el botón con forma de corazón. Empezó a sacudirse y a temblar, pero de pronto pareció calmarse y su acabado plateado adquirió el tono sonrosado de la piel caucásica. En cuestión de unos instantes, era una copia idéntica de Sarah. De la Sarah de antes. De la auténtica Sarah. Una Sarah que, al mirarla ahora, no le parecía tan fea, después de todo. Una Sarah que había pasado mucho tiempo, demasiado, preocupada por su aspecto.

Abby tenía razón. Tenía razón en muchas cosas.

Eleanor llevaba unos jeans viejos de Sarah, uno de sus suéteres y sus tenis deportivos.

—Tú has hecho realidad mis deseos —dijo Eleanor sonriendo con la antigua sonrisa de Sarah.

Pulsó el interruptor que abría la puerta del garage. La luz del sol inundó la estancia, y Eleanor-Sarah se despidió con la mano, salió y se alejó por la acera.

Los oídos de Sarah se inundaron con un estruendo ensordecedor. No controlaba sus movimientos. Varias piezas metálicas oxidadas se soltaron de su cuerpo y cayeron al suelo con estrépito. Estaba desmontándose, reduciéndose a un puñado de piezas inservibles, una colección espantosa e inútil de desechos. Se vio en el espejo que había en la pared del garage. Ya no era una chica guapa, ni siquiera era una chica. No parecía humana. Sólo era un montón de chatarra sucia y oxidada.

Sintió tristeza y miedo. Y luego ya no sintió nada.

CUENTA LAS FORMAS

—¡*P*ero si es Millie Fitzsimmons! —exclamó una voz profunda y atronadora. A oscuras era difícil saber exactamente de dónde venía, pero parecía rodearla por todas partes—. Millie la «tontis», Millie la tontis, la chica gótica y fría que siempre está soñando con la Muerte. ¿Estoy en lo cierto?

—¿Quién eres? —preguntó Millie—. ¿Dónde estás?

Encima de ella, un par de enormes ojos azules y terroríficos se giraron hacia el interior del habitáculo.

—Estoy aquí, Millie la «tontis». O quizá debería decir que tú estás aquí. Estás dentro de mi estómago. En la panza de la bestia, podría decirse.

—Pero… ¿tú eres la bestia?

Millie se preguntó si se habría quedado dormida después de meterse dentro del viejo robot, si estaría soñando. Era todo muy extraño.

—Puedes considerarme un amigo. Tu amigo hasta el final. Sólo tenemos que decidir si el final será lento o rápido.

—No… No lo entiendo.

Empezaba a sentir claustrofobia. Intentó abrir la portezuela. No se movió ni un milímetro.

—Lo entenderás muy pronto, Millie la tontis. Me hacen mucha gracia las góticas… Vestidas como plañideras, siempre tan serias… Soñando despiertas con la Muerte, como si fuera el cantante de un grupo de rock, y seguras de que si lo conocieran se enamorarían de él a primera vista. Pues ¡feliz Navidad, Millie! Voy a hacer realidad tus sueños. No es cuestión de «qué», sino de «cómo».

¿Qué estaba pasando? Claramente estaba despierta. ¿Se habría vuelto loca, habría caído víctima de la enajenación como un personaje de un relato de Edgar Allan Poe?

—Me… me gustaría salir de aquí —dijo con un hilo de voz temblorosa.

—¡Tonterías! —exclamó la voz—. Te vas a quedar aquí a gustito mientras decidimos cómo va a ser tu cita de ensueño con la Muerte. Tú eliges, pero yo tendré el placer de exponerte varias opciones.

—¿Opciones de cómo morir?

Millie sintió el sabor del miedo al fondo de la garganta. Una cosa era fantasear con la muerte, pero aquello parecía real.

Millie. Qué nombre tan estúpido. Se lo habían puesto por su bisabuela, Millicent Fitzsimmons. Pero Millie no era un nombre para ponerle a una persona. A un gato o a un perro, está bien, pero a un ser humano, como que no.

La gata negra de Millie se llamaba Annabel Lee, como la niña muerta del poema de Poe, lo que significaba que la gata de Millie tenía, oficialmente, un nombre mejor que el suyo.

Pero, pensaba Millie, tenía cierto sentido que a sus padres se les hubiera ocurrido un nombre tan ridículo. Los quería, pero eran ridículos en muchos sentidos, caprichosos y poco prácticos, de esa gente que no se detenía a pensar lo duro que iba a ser la escuela para una niña cuyo nombre rimaba con «tontis». Sus padres cambiaban constantemente de trabajo, de aficiones y, ahora, al parecer, de país.

En verano, al padre de Millie le habían ofrecido un trabajo de profesor en Arabia Saudita. Su madre y su padre le habían dado a elegir: podía irse con ellos («¡Será una aventura!», le decía su madre) y estudiar en casa; o podía mudarse con su excéntrico abuelo durante aquel curso escolar y empezar en la escuela local.

Con cualquiera de las dos opciones salía perdiendo.

Después de mucho llorar y de mucho enojarse y estar de malas, Millie había elegido finalmente la opción «abuelo excéntrico» frente a la de verse en un país extranjero con sus bienintencionados pero poco fiables padres.

Así que ahora Millie estaba en su extravagante y pequeña habitación en la extravagante y enorme casa victoriana de su abuelo. Tenía que admitir que la idea de vivir en una casa vieja de más de ciento cincuenta años, donde seguro que alguien había muerto en algún momento, la atraía bastante. El único problema era que estaba llena hasta el tope de los cachivaches de su abuelo.

El abuelo de Millie era coleccionista. Mucha gente hace colecciones, claro: cómics, cartas o figuritas. Pero su abuelo no coleccionaba nada en concreto, sino que acumulaba un montón de cosas distintas. Era sin duda coleccionista, pero ¿coleccionista de qué? Millie no lo tenía claro. Todo era muy azaroso. En el salón de clases había placas de autos y rines viejos colgando de una pared, y bates de beisbol y raquetas de tenis viejos en otra. Una armadura de tamaño real hacía guardia a un lado de la puerta de entrada, y un lince disecado de aspecto descuidado al otro, con la boca abierta y las fauces al descubierto con gesto amenazador. Había una vitrina de cristal en la sala llena de muñecas de porcelana con dientes diminutos y ojos fijos de cristal. Daban miedo, y Millie intentaba mantenerse lejos de ellas, aunque a veces se le aparecían en sus pesadillas, amenazándola con sus dientecitos.

Su dormitorio nuevo era antes el cuarto de costura de su abuela, y aún estaba allí la vieja máquina de coser, aunque la abuela había muerto antes de que naciera Millie. Su abuelo había metido una cama estrecha y una cómoda para dar cabida a Millie y sus pertenencias, y ella había intentado decorarla a su gusto. Por encima de la lamparita de noche había echado un pañuelo fino de encaje negro que hacía que desprendiera un resplandor tenue. Puso velas encima de la cómoda y pegó pósteres de Curt Carrion, su cantante favorito, en las paredes.

En un póster de la portada de su disco *Rigor mortis*, Curt salía con la boca abierta enseñando unos colmillos metálicos. Una gota perfecta de sangre roja relucía en su barbilla.

El problema era que, por mucho que Millie intentara decorar la habitación acorde con su personalidad, no acababa de funcionar. La máquina de coser seguía allí y el papel de la pared era color crema con capullos de rosa. Incluso con las fauces abiertas de Curt Carrion destellando en la pared, el cuarto seguía desprendiendo un tufo tremendo a «señora».

—¡La sopa está lista! —le gritó su abuelo desde el pie de la escalera.

Siempre anunciaba así la cena, aunque por ahora nunca había preparado sopa.

—Voy dentro de un minuto —gritó Millie a su vez.

Aunque le daba igual cenar que no cenar, se arrastró fuera de la cama y bajó las escaleras despacio, intentando no chocar ni tropezar con ninguno de los bártulos que parecían llenar cada centímetro de la casa.

Millie se reunió con su abuelo en el comedor, cuyas paredes estaban decoradas con platos conmemorativos de los distintos estados que había visitado con su abuela, cuando ésta vivía. La pared que quedaba frente a ella lucía réplicas de espadas antiguas. Millie no sabía muy bien de dónde habían salido.

Su abuelo era igual de raro que sus colecciones. Tenía el pelo ralo y canoso, y siempre lo llevaba despeinado, y siempre llevaba la misma chamarra tejida descolorida y raída. Podría haber representado el papel de científico loco en una película antigua.

SCOTT CAWTHON · ELLEY COOPER

—La cena está servida, madame —anunció mientras dejaba un platón de puré de papas en la mesa.

Millie se sentó en su sitio y observó el menú, que era visualmente poco apetecible: carne de res con aspecto de estar echado a perder, puré de papas instantáneo y espinacas a la crema que Millie sabía que habían sido un bloque sólido congelado hasta que su abuelo las había metido en el microondas. Una cena que se podía comer hasta sin dientes, lo que, suponía Millie, tenía cierta lógica si quien cocinaba era un anciano.

Millie se sirvió puré de papas, que era lo único vagamente comestible.

—Sírvete un poco de carne… y espinacas —dijo su abuelo pasándole el platón de las espinacas—. Necesitas tomar hierro. Estás muy pálida.

—Me gusta estar pálida.

Millie se echaba polvos translúcidos claros para que la piel se le viera aún más pálida en contraste con la raya del ojo y la ropa negra que siempre llevaba.

—Bueno —dijo su abuelo mientras se servía carne—, me alegro de que al menos no te tuestes al sol como hacía tu madre cuando tenía tu edad. Aun así, no te vendría mal un poco de color en las mejillas.

Le pasó la bandeja de la carne.

—Ya sabes que no como carne, abuelo.

La carne era asquerosa. Y además implicaba asesinar animales.

—Pues come espinacas —insistió su abuelo, y le echó una cucharada en el plato—. Tienen mucho hierro. Mira, cuando aprendí lo poco que sé de cocina, sólo hacía carne: ternera, filetes, roast beef, chuletas de cerdo... Pero si me ayudas a encontrar recetas vegetarianas, yo intentaré prepararlas. Además, probablemente me venga bien para la salud comer menos carne.

Millie suspiró y desplazó las espinacas de un lado a otro del plato.

—No te molestes. Si en realidad da igual comer que no comer.

Su abuelo dejó el tenedor en el plato.

—Qué va a dar igual. Todo el mundo tiene que comer —sacudió la cabeza—. No hay manera de tenerte contenta, ¿eh, muchachita? Intento ser agradable y buscar cosas que te gusten. Quiero que aquí seas feliz.

Millie empujó el plato.

—Intentar hacerme feliz es una pérdida de energía. No soy una persona feliz. Y, ¿sabes qué?, me gusta no ser feliz. La gente feliz se engaña a sí misma.

—Bueno, pues si no aspiras a nada más que a la miseria en la vida, supongo que lo mejor es que te vayas a hacer la tarea —dijo su abuelo mientras se comía la última cucharada de puré de papas.

Millie puso los ojos en blanco e hizo una salida teatral del comedor. La tarea era una miseria. La escuela era una miseria. Su vida entera era una miseria.

En su miserable habitación, Millie encendió la laptop y buscó «poemas famosos sobre la muerte». Releyó sus favoritos de siempre, «Annabel Lee» (con su gata homónima hecha bolita sobre la cama) y «El cuervo», de Poe, y luego probó con uno que no conocía de Emily Dickinson. El poema hablaba de la Muerte como si fuera un chico que recogía a una chica para una cita.

SCOTT CAWTHON - ELLEY COOPER

Una cita con la Muerte. El pensamiento mareó a Millie. Pensó en la Muerte como un apuesto desconocido ataviado con una capa negra, que la elegía a ella para llevársela lejos del tedio y la miseria de la rutina. En su imaginación se parecía a Curt Carrion.

Inspirada, tomó su diario encuadernado en piel negra y empezó a escribir:

> Oh, Muerte, muéstrame tu rostro desfigurado.
> Oh, Muerte, aguardo ansiosa tu abrazo helado.
> Oh, Muerte, mi vida es miserable
> y sólo tú podrás segarla con tu sable.

Sabía que los poemas no tenían por qué rimar, pero Edgar Allan Poe y Emily Dickinson rimaban, así que ella también. «No está mal», dictaminó.

Suspirando ante lo que tenía por delante, cerró el diario y sacó la tarea. Álgebra. ¿Qué utilidad tenía el álgebra frente a la inevitable mortalidad de los seres humanos? Ninguna. Bueno, salvo porque, si no lo aprobaba todo, sus padres le retirarían la paga que su abuelo le daba todas las semanas. Y estaba ahorrando para comprarse más joyas fúnebres de azabache. Abrió el libro de álgebra, tomó el lápiz y empezó.

Unos minutos después, llamaron a la puerta.

—¿Qué? —exclamó Millie, y cerró el libro apresuradamente, como si la hubieran sorprendido haciendo algo que le gustaba.

Su abuelo abrió la puerta con el pie. Llevaba un vaso de leche y un plato de galletas con chispas de chocolate que olían de maravilla.

—Pensé que quizá necesites un poco de combustible para estudiar —dijo—. A mí el chocolate siempre me funcionaba.

—Abuelo, ya no soy una niña —dijo Millie—. No puedes comprar mi felicidad con unas galletas.

—De acuerdo —aceptó su abuelo con el plato en la mano—. Entonces, ¿me las llevo?

—No —se apresuró a decir Millie—. Déjalas.

Su abuelo sacudió la cabeza, sonrió un poco y dejó el plato y el vaso en la mesita de noche de Millie.

—Estaré trabajando en el taller una hora o así, muchachita —dijo—. Llámame si necesitas algo.

—No voy a necesitar nada —dijo Millie mientras abría de nuevo el libro de álgebra.

Esperó hasta estar segura de que su abuelo se había ido y devoró las galletas.

—Opciones de cómo morir. ¡Exacto! —retumbó la voz en la oscuridad—. Veo que ya lo vas captando, para algo eres una chica lista. A las dos primeras formas de morir las llamaré «las opciones vagas». No precisan que haga nada, sólo encerrarte aquí y dejar que la naturaleza siga su curso. La ventaja de estas opciones es que para mí están súper fáciles, pero para ti no son tan sencillas. Lentas, con gran sufrimiento, pero ¡quién sabe! Quizás eso vaya acorde con tus gustos macabros. Te daría muchas oportunidades de languidecer. A ti te gusta languidecer.

—¿A qué te refieres? —preguntó Millie.

Fuera cual fuera la respuesta, sabía que no le iba a gustar.

—La deshidratación es una buena forma de morir —dijo la voz—. Sin agua, podrías empezar a fenecer en un mínimo de tres días y un máximo de siete. Eres una chica joven y sana, así que apuesto a que tardarás bastante. Privar al cuerpo de agua tiene efectos fascinantes. Al no recibir líquidos que filtrar y expulsar, los riñones se paralizan y el cuerpo empieza a envenenarse solo, enfermándose cada vez más. Cuando esos venenos se distribuyen por el cuerpo, puedes sufrir un fallo orgánico múltiple, un ataque al corazón o una apoplejía. Pero eso es la muerte para ti. Glamorosa. Romántica.

—¿Te estás burlando de mí?

La voz de Millie sonó minúscula y débil, como la de una niña pequeña y asustada.

—En absoluto, querida. Me caes bien, Millie, y por eso estoy aquí para cumplir tus deseos. Como un genio, sólo que eres tú la que está atrapada en una lámpara —la voz se interrumpió para reírse—. La inanición es otro clásico, pero ése sí que es un tren lento. El cuerpo tarda semanas en agotar su almacén nutricional, consumir todas sus proteínas y volverse en contra de sí mismo. Puede llevar semanas. Hay gente que ha llegado a aguantar un par de meses.

Millie sabía que su abuelo la rescataría antes de que se muriera de inanición.

—Eso no funcionará. Mi abuelo viene aquí a trabajar todas las noches después de cenar. Me encontrará.

—¿Cómo? —preguntó la voz.

—Me oirá. Gritaré.

—Grita lo que quieras, corderita. Esto está insono-rizado. Nadie va a oírte. Y, además, dentro de pocos días estarás demasiado débil para gritar.

Faltaba una semana para las vacaciones de Navidad y toda la escuela estaba decorada con coronas, árboles de Navidad y alguna que otra menorá.

Millie no entendía por qué a la gente le gustaba tan-to la Navidad. No era más que un intento desesperado para inventarse algo de felicidad ante el sinsentido ab-soluto de la vida. Pero a ella no iban a engañarla. La gente podía desearle feliz Navidad y felices fiestas has-ta ponerse más rojos que el traje de Santa Claus, que ella no iba a contestar.

Tampoco es que la gente se peleara por felicitarle las Pascuas a Millie. Mientras caminaba por el pasillo ha-cia el comedor, una animadora rubia —no tenía ni idea de cómo se llamaba— le dijo:

—Qué sorpresa verte a la luz del día, hija de Drácula.

La animadora miró a sus amigas igual de rubias, que era para quienes hablaba, más que para Millie, y todas se echaron a reír.

Lo de hija de Drácula había empezado porque lle-vaba siempre una edición de bolsillo de *Drácula*, de Bram Stoker, y un chico popular y deportista había dicho un día:

—Ay, qué linda. Está leyendo un libro sobre su padre.

Desde entonces, la llamaban la hija de Drácula.

Por supuesto, todo el mundo sabía que en realidad era hija de Jeff y Audrey Fitzsimmons, lo que la hacía ser casi tan marginada como si en verdad hubiera sido la hija de Drácula. Los Fitzsimmons eran el hazmerreír de la ciudad, famosos por su tendencia a emprender proyectos con gran entusiasmo y luego abandonarlos. Habían comprado una bonita casa colonial en ruinas cuando Millie tenía diez años y se habían embarcado en una gran reforma. Habían estado en ello unos tres meses, hasta que se quedaron sin tiempo, dinero y energías. Como resultado, la casa era una especie de *patchwork*: habían pintado y amueblado la sala, el comedor y la cocina, pero los dormitorios seguían teniendo el mismo papel pintado viejo y despegado a trozos, y el suelo tenía tablones sueltos que rechinaban. Las tuberías del baño hacían un ruido ensordecedor al abrir el grifo; y la antigua tina, el lavabo y el escusado nunca parecían limpios por mucho que uno frotara.

Lo que más daba que hablar era el exterior de la casa. El padre de Millie había pintado la fachada y un lateral en un tono azul claro con molduras en color crema, pero la pintura era cara, pintar cansaba y, en realidad, no le gustaba encaramarse a una escalera. Así que la parte delantera de la casa lucía renovada y bonita, pero la trasera y el otro lado seguían teniendo la pintura blanca antigua y descarapelada. La madre de Millie dijo que nadie se fijaría. Era como cuando la gente colocaba el árbol de Navidad de manera que la parte fea y sin adornos quedara mirando a la pared.

La gente se fijó.

La gente también se fijó en la incapacidad de los Fitzsimmons de conservar un trabajo fijo. Los padres de Millie siempre tenían un plan nuevo que por fin los llevaría a hacer realidad sus sueños. Un año a su madre le dio por hacer velas y venderlas en los mercados, y su padre abrió una tienda de suplementos alimenticios que cerró sus puertas seis meses más tarde. Después sus padres habían abierto otra tienda, esta vez de estambres y artículos para tejer, que quizás habría funcionado de no ser porque ni uno ni otra sabían tejer. Luego compraron un puesto de comida para llevar, de esos que son un food truck, aunque ambos cocinaban fatal.

Millie no acertaba a entender cómo sus padres podían conservar el optimismo fracaso tras fracaso, pero así era. Emprendían cada nuevo proyecto con entusiasmo, y luego, unos meses después, el proyecto y el entusiasmo se venían abajo. Tampoco es que fueran pobres —siempre tenían para comer, aunque, a final de mes, el menú solía reducirse a hot cakes y macarrones con queso precocinados—, pero siempre andaban preocupados por el dinero.

Millie sabía que su abuelo los ayudaba algunos meses. A su abuelo también lo tenían por un raro en el pueblo, pero lo respetaban porque era mayor, viudo y había sido un excelente profesor de matemáticas en la escuela durante muchos años. Como resultado, se había ganado el apelativo de «excéntrico», en lugar de «loco».

Alguna gente decía que quizá con aquel nuevo trabajo de profesor en Arabia Saudita, Jeff por fin iba a sentar la cabeza y seguir los pasos de su padre. Pero

Millie sabía que desaprovecharía aquella oportunidad como había hecho con tantas otras.

Así pues, o bien era la hija de Drácula, o bien la hija de Jeff y Audrey Fitzsimmons. Cualquiera de las opciones la condenaba a ser una marginada.

En la cafetería, Millie tardó un rato en acostumbrarse al ruido ensordecedor del parloteo y las risas de cientos de adolescentes. Pasó junto a una mesa llena de chicas populares y vio a su mejor amiga de la escuela, Hannah, sentada con ellas, riéndose de algo con las demás. Millie y Hannah habían sido inseparables desde la guardería hasta tercero: jugaban en los columpios o a la cuerda en el recreo, y luego a las muñecas o a juegos de mesa en sus respectivas casas después de la escuela.

Sin embargo, una vez en secundaria, la popularidad empezó a ser cada vez más importante para Hannah, que se alejó de Millie y comenzó a juntarse con las chicas que hablaban de ropa y de chicos, lo que Millie podía entender, pero Hannah no era así y que aquellas chicas sólo aceptaban a Hannah como un mero parásito. Hannah vivía en una casita sencilla en un barrio sencillo y no tenía el dinero ni el estatus social para estar a su altura. Las chicas populares no la rechazaban, pero nunca la dejaron acceder al círculo más íntimo. A Millie le daba pena que Hannah prefiriera las migajas de las chicas populares en lugar de una amistad auténtica con ella.

Pero a Millie le daban pena muchas cosas.

Millie se sentó sola, mordisqueó el sándwich de huevo y lechuga, y la manzana cortada que su abuelo le había preparado y se dedicó a leer *Cuentos de ima-*

ginación y misterio. Estaba consiguiendo aislarse del ruido de la cafetería y concentrarse en el relato que estaba leyendo, «La caída de la casa Usher». Roderick Usher, el protagonista del cuento, no soportaba ninguna clase de ruido.

Pero de pronto se sintió observada.

Levantó la vista del libro y se encontró frente a un chico larguirucho con lentes de montura de carey y el pelo encrespado y teñido de rojo fuego. Llevaba sendos aretes de plata en las orejas. Millie admiró con envidia su chamarra de cuero.

—Oye, perdona… —hizo un gesto señalando la silla al lado de Millie—. ¿Está ocupada?

¿Aquel chico le estaba pidiendo permiso para sentarse con ella? Nadie se sentaba nunca con ella.

—Sí, por mi amiga imaginaria —dijo Millie.

Un momento… ¿Aquello era una broma? Ella no hacía bromas.

El chico sonrió revelando una reluciente ortodoncia.

—Bueno, ¿le importará a tu amiga imaginaria que me siente en sus rodillas?

Millie miró la silla vacía un segundo.

—Dice que adelante.

—Okey —dijo el chico dejando la bandeja sobre la mesa—. Gracias. A las dos. No conozco a nadie todavía. Soy nuevo.

—Encantada de conocerte, Nuevo. Yo soy Millie.

A ver, ¿qué estaba pasando? ¿De pronto era humorista?

—En realidad, me llamo Dylan. Acabo de mudarme de Ohio —señaló el libro de Millie. Llevaba las

SCOTT CAWTHON - ELLEY COOPER

uñas cortas, pero pintadas de negro—. Eres fan de
Poe, ¿no?

Millie asintió.

—Yo también —dijo Dylan—. Y de H. P. Lovecraft.
Me encantan los escritores antiguos de terror.

—No he leído a Lovecraft —dijo Millie. Era mejor
ser sincera que intentar fingir que sabía algo y luego
verse descubierta—. Pero sé quién es.

—Ah, pues te encantaría —dijo Dylan mientras
mojaba un nugget de pollo en la cátsup—. Es súper oscuro y retorcido —miró alrededor por la cafetería con
cara de desdén—. ¿Esta escuela es tan aburrida como
parece?

—Más —dijo Millie.

Le puso el separador al libro y lo cerró. La casa Usher no iba a irse a ninguna parte y ella no recordaba
cuándo era la última vez que había mantenido una conversación interesante.

—Pues mira —dijo Dylan moviendo una papa frita
en el aire—, por ahora eres la única persona que he
visto que parece simpática.

Millie notó que se sonrojaba. Deseó que el rubor no
estropeara su palidez.

—Gracias —balbuceó—. Eh… Me gusta mucho tu
chamarra.

—Y a mí tus aretes.

Ella levantó la mano para tocarse una de las lágrimas negras que colgaban de sus lóbulos.

—Gracias. Son de azabache. Joyería fúnebre victoriana.

—Lo sé —dijo Dylan.

¿Lo sabía? ¿Qué tipo de adolescente conocía la joyería fúnebre victoriana?

—Tengo varias cosas —explicó Millie—. Lo compro todo en eBay. Pero no puedo permitirme mis piezas preferidas, las…

Dylan levantó una mano.

—Espera, no me lo digas. Esas que se tejían con pelo de la persona muerta, ¿verdad?

—¡Sí! —exclamó Millie, sorprendida y fascinada—. A veces suben alguna a eBay, pero siempre cuestan una fortuna.

Sonó el timbre, que indicaba que la hora de la comida tocaba a su fin. Dylan se acercó a Millie y susurró:

—Nunca preguntes por quién doblan las campanas.

—Doblan por ti —concluyó Millie.

¿De dónde había salido aquel chico? De Ohio, sí, pero ¿cómo podía ser tan sofisticado y culto? Nunca había conocido a alguien así.

Dylan se puso de pie.

—Millie, ha sido un placer. ¿Les importaría a ti y a tu amiga imaginaria que coma con ustedes mañana también?

Millie sintió que las comisuras de su boca se estiraban de una forma poco habitual en ella.

—No nos importaría en absoluto —dijo.

—También he estado pensando en un proceso de congelación —dijo la voz—. Podría cortar la luz para que el calefactor se apague, y mi cuerpo metálico puede llegar a enfriarse mucho. Pero luego he pensado que tu abuelo entraría y se daría cuenta de que se había ido la luz en su adorado taller, y la arreglaría. Así que la muerte por congelación no me sirve. Lo siento si te habías emocionado, bomboncito.

Millie estaba temblando, pero no de frío, sino de miedo.

—No lo entiendo. ¿Por qué quieres matarme?

—Me alegro de que me hagas esa pregunta —contestó la voz—. En realidad, tengo un par de motivos. El primero es, sencillamente, que hay que hacerlo. Me pasé años tirado en un deshuesadero hasta que tu abuelo me encontró y me trajo aquí, donde también estoy tirado. El aburrimiento lo siento hasta los huesos. Que no tengo huesos, pero tú ya me entiendes.

—¿No hay otra cosa que puedas hacer que no sea matar a gente? —preguntó Millie.

No sabía qué era aquel ser, pero obviamente era inteligente. A lo mejor podía razonar con él.

—Nada igual de interesante. Y, además, mi segundo motivo es que tú quieres morir. Desde que te mudaste aquí vagas deprimida por la casa y diciendo que te quieres morir. Pues qué casualidad, a mí me gusta matar a la gente y tú te quieres morir. Los dos salimos ganando. Como esos pajaritos que se comen los parásitos de los rinocerontes. El ave consigue comida y los rinocerontes se libran de esos bichitos que les pican. Ambos conseguimos lo que queremos. Miel sobre hojuelas.

Millie se dio cuenta de que había hablado de la muerte, escrito sobre ella, pero siempre como una idea, como un juego. No tenía ninguna intención de llevarlo a la práctica.

—Pero yo no quiero morirme. En realidad, no.

Un sonido ensordecedor envolvió a Millie e hizo temblar el cuerpo de la máquina que la tenía atrapada. Tardó unos segundos en reconocer que era una carcajada.

Para cenar, su abuelo hizo espagueti con salsa marinara, pan de ajo y ensalada César. Estaba mucho más bueno que lo que solía cocinar.

—Hoy sí comes —señaló el abuelo.

—Porque está muy bueno —dijo Millie mientras enrollaba el espagueti en el tenedor.

—Bien, por fin he encontrado algo que te gusta —dijo su abuelo—. Lo añadiré a mi limitado repertorio. A ti te puse la salsa sin carne, y a la mía le eché albóndigas, así todo el mundo es feliz, herbívoros y carnívoros por igual.

—Bueno, «feliz» igual es mucho decir —puntualizó Millie, reticente a admitir que aquél había sido un buen día—. Pero el espagueti está bueno y hoy la escuela no estuvo tan horrible como de costumbre.

—¿Y qué ha sido lo que lo ha hecho menos horrible que de costumbre? —preguntó su abuelo hundiendo su tenedor en una albóndiga.

—He conocido a alguien que parece cool.

—¿En serio? ¿Un alguien chica o un alguien chico?

A Millie no le gustó el tono de insinuación de su abuelo.

—Bueno, eso da igual, pero es un chico. Pero no intentes convertirlo en una especie de historia de amor. Sólo hemos tenido una conversación decente, ya está.

—Una conversación decente es algo especial hoy en día. La mayoría de los chicos de tu edad no levantan la vista del celular el tiempo suficiente para decir «hola, ¿qué tal?» —dijo su abuelo—. No es que quiera precipitarme, pero yo conocí a tu abuela cuando era un poco mayor que tú.

—¿En serio quieres emparejarme con un chico que acabo de conocer? ¡Abuelo, tengo catorce años!

Su abuelo se echó a reír.

—Tienes razón, eres demasiado joven para comprometerte. Tu abuela y yo tampoco nos comprometimos de adolescentes. Pero fuimos novios en la escuela, y luego fuimos a la misma universidad. Nos comprometimos el último año de carrera y nos casamos en junio, después de graduarnos —sonrió—. Y todo empezó con una conversación en el comedor, como la tuya de hoy, así que ¡quién sabe!

—No te precipites, anda —dijo Millie, esforzándose por no sonreír.

Su abuelo dejó vagar la mirada.

—Sólo estaba recordando. Ojalá hubieras conocido a tu abuela, Millie. Era muy especial. Y perderla antes de que cumpliera cuarenta…

—Como «Annabel Lee» —dijo Millie.

—¿El poema de Poe? —preguntó su abuelo—. «Fue hace muchos muchos años, en un reino junto al mar…» Sí, supongo que fue algo así.

—¿Conoces a Poe? —le preguntó Millie.

Era extraño oírlo recitar uno de sus poemas preferidos. Su abuelo era de ciencias; no esperaba que supiera nada de poesía.

—Lo creas o no, soy un tipo bastante culto. Me gustan Poe y muchos otros escritores. Sé que te gusta Poe porque es oscuro y tenebroso, y es fácil romantizar la muerte cuando eres joven y la ves tan lejos. Pero Poe no escribía sobre la muerte porque pensara que es algo romántico. Escribía sobre ella porque había perdido a mucha gente que quería. Tú nunca has experimentado una pérdida así, Millie. Es algo que… te cambia —pestañeó varias veces—. Mira, durante años, después de que tu abuela muriera, mis amigos estuvieron intentando presentarme a otras mujeres, pero nunca funcionó. Ella era única para mí.

Millie nunca se había detenido a pensar en los sentimientos de su abuelo antes. En cómo se había sentido cuando su abuela se puso enferma y murió. En lo solo que debía de haber quedado cuando ella faltó. En lo solo que debía de sentirse todavía.

—Tuvo que ser muy duro —dijo—. Perder a la abuela.

Su abuelo asintió.

—Lo fue. La extraño a diario.

—Bueno, gracias por la cena —dijo Millie—. Creo que debería irme a hacer la tarea.

—¿Sin que te lo pida? —dijo su abuelo sonriendo—. Sí que es un día especial hoy.

Una vez en su habitación, Millie no pensó en la muerte. Pensó en Dylan, y pensó en lo que su abuelo le había contado de su abuela. Cuando recitó «Annabel

Lee» para sus adentros una vez más, le pareció más bien un poema sobre el amor que un poema sobre la muerte.

ϓ

—Pues Millie la «tontis», para no querer morirte te pasas la vida hablando sobre ello —dijo la voz a su alrededor—. Pero así son las cosas, ¿no? Mucho ruido y pocas nueces.

—A ver —dijo Millie, tiritando de frío—, cuando decía que quería morirme, me refería a escapar. No quería la muerte. Sólo quería que mi vida fuera distinta.

—Ah, pero para eso hay que hacer algo, ¿no? —repuso la voz—. ¿Cambiar la vida a mejor, sobre todo cuando el mundo es un lugar tan cruel y podrido? Es mucho más fácil (y, en definitiva, mucho más satisfactorio) extinguirla. Lo que me lleva a mi segunda tanda de opciones. Mucho más interesantes. Éstas son todas formas rápidas y fáciles para ti, pero requieren un poco más de esfuerzo por mi parte. Pero no me quejo. Nada me gusta más que un buen reto para escapar del tedio. A ver, a ti te gusta Drácula, ¿no?

Millie apenas consiguió reunir un hilo de voz para contestar.

—¿Por qué? ¿Vas a morderme el cuello?

—¿Cómo voy a hacer eso contigo en la barriga, tontis? Sé que eres fan de Drácula. En la escuela te llaman la hija de Drácula, ¿no? Bueno, pues lo que quizá no sepas es que el personaje de Drácula se inspiró en una persona real, un príncipe llamado Vlad Drácula. Pero era más conocido por su apodo, Vlad, *el Empalador*.

Millie se echó a temblar por dentro.

—Vlad mató a miles de sus enemigos, pero su mayor logro fue crear un «Bosque de los Empalados», con cientos de sus víctimas (hombres, mujeres y niños) atravesados con una estaca y clavados al suelo. Yo no soy ningún príncipe ni aspiro a una matanza de ese nivel, pero un único empalamiento de andar por casa no puede ser tan difícil, ¿no crees? Puedo sacarme una de estas varas metálicas y pasarla en horizontal por mis entrañas, y así te atravesaría a ti y saldría por el otro lado. Si la punta alcanza los órganos vitales, la muerte será rápida. Si no, habrá unas cuantas horas de sangre y sufrimiento. La gente que ha estado en el Bosque de los Empalados dice que aún se oyen los gemidos y los gritos de las víctimas. ¡Qué… «empalador»! ¡Otras formas de morir «palidecen» al lado de ésta! —la voz sonaba alegre—. Puede ser rápido o lento, pero el resultado es el mismo. Igual que antes, miel sobre hojuelas.

—No —susurró Millie.

Quería ver a su madre y a su padre. Quería ver a su abuelo. Al menos que supieran dónde estaba. Incluso se conformaría con los tontos de tío Rob y tía Sheri, con tal de que vinieran a rescatarla. Podía ponerse hasta un suéter de Navidad si eso los hacía felices.

Millie se sentó a su mesa habitual en la cafetería, expectante. Había puesto especial cuidado al arreglarse aquella mañana: había elegido un top de encaje negro y un collar fúnebre victoriano de azabache de su pequeña colección. Los polvos resaltaban su palidez y se había pintado la raya del ojo para tener una mirada felina.

A medida que pasaban los minutos, empezó a preocuparse. ¿Y si Dylan no venía? ¿Y si se había emperifollado para nada? ¿Y si, como siempre había sospechado, la vida no ofrecía posibilidad alguna de placer o felicidad?

Pero entonces llegó, con su chamarra de cuero y su pelo rojo fuego y sus aretes de plata.

—Hola —dijo Millie, intentando que no se notara cuánto se alegraba de verlo.

—Hola —respondió él mientras dejaba la bandeja sobre la mesa y se sentaba frente a ella—. Te traje una cosa.

El corazón de Millie se aceleró de la emoción. Esperaba que no se notara.

Dylan se metió la mano en el bolsillo de la chamarra de cuero y sacó un libro de tapa blanda muy usado.

—H. P. Lovecraft —dijo—. Te hablé de él ayer.

—Me acuerdo —dijo Millie mientras agarraba el libro—: *La llamada de Cthulhu y otros relatos*. ¿Lo dije bien: Cthulhu?

—Quién sabe —repuso Dylan—. Lovecraft se lo inventó, y está muerto, así que no podemos preguntarle cómo se pronuncia. Puedes quedarte el libro. Me regalaron una edición en tapa dura por mi cumpleaños —sonrió—. Mis padres son cool. No les importa que me gusten las cosas extravagantes.

—Gracias.

Sintió que esbozaba una sonrisa. Metió el libro en la mochila.

Iba a leer el libro, pero no sonreía sólo por eso, sino también porque Dylan había pensado en ella. Cuando estaba en su casa, no en su presencia, había pensado en ella, había buscado el libro, se lo había metido en el bolsillo de la chamarra y se había acordado de dárselo. Por su experiencia, los chicos no solían ser así de atentos.

Después de cenar, en su habitación, Millie empezó a leer el libro de Lovecraft. Dylan tenía razón. Era raro. Más raro que Poe, incluso, y daba miedo, como si te corrieran arañas por la piel de los brazos. Pero le encantaba.

Era el mejor regalo que podía haberle hecho Dylan. Millie no era de esas chicas a las que les gustan las flores y los bombones.

Cuando hubo leído un par de relatos, abrió la laptop. En lugar de buscar «poemas sobre la muerte», buscó «poemas de amor». Encontró ese tan famoso de Elizabeth Barrett Browning que empieza con: «¿De qué modo te amo? Deja que cuente las formas». Había leído el poema antes, y lo vio sólo como un conjunto de palabras bonitas, pero ahora apreciaba los sentimientos detrás de las palabras, unos sentimientos intensos hacia la persona que te entiende de verdad y a la que tú también entiendes.

Sacó su diario de tapas de piel negra, mordisqueó el bolígrafo y se puso a pensar. Por fin escribió:

Has podado el follaje negro y afilado
que rodeaba mi corazón triste y herido

para que pueda volver a latir acompasado.
Eres el jardinero que despierta a las plantas
de la muerte fría y gris del invierno
para que vuelvan a crecer altas,
como una rosa roja nacida del hielo.

Leyó el poema en silencio una vez más y suspiró satisfecha. Su ánimo se ensombreció un poco cuando tuvo que guardar el diario para hacer la tarea.

—¿No? Qué pena. Siempre pienso que el empalamiento tiene cierto toque teatral. ¿Quizás algo más animado? La electrocución siempre es una opción eficaz. ¿Sabías que la silla eléctrica la inventó en el siglo XIX un dentista llamado Alfred P. Southwick? Se le ocurrió la idea de construir una silla basada en el sillón que utilizaba en su consulta conectada a la corriente eléctrica. No es lo que se dice muy alentador para la gente que tiene pavor al dentista, ¿verdad? No tengo ninguna silla donde atarte, pero sí puedo emitir una serie de potentes descargas eléctricas en mi interior. Si la corriente te llega al corazón o al cerebro, morirás rápidamente. Si no, sentirás un ardor penetrante y tu corazón acabará por fibrilar, lo que te produciría la muerte si nadie acude en tu auxilio. Y creo que ya tenemos claro que aquí no hay nadie que vaya a acudir en tu auxilio.

«Auxilio» era una palabra que Millie quería gritar desesperadamente, pero sabía que era una pérdida de energía, una energía que necesitaba conservar si tenía alguna esperanza de sobrevivir.

—Entonces ¿qué, bizcochito? ¿Electrocución? Te vas a quedar «perpleja» cuando veas lo eficaz que es. ¡Te la vas a pasar «bomba»!

Se rio otra vez.

Millie una vez había recibido una descarga eléctrica con una secadora al desenchufarla de la corriente en un hotel con una instalación eléctrica pésima. Había notado cómo le subía la electricidad dolorosamente por el brazo y, durante unos instantes, se quedó sin respiración, como si alguien le hubiera dado un puñetazo en la barriga. No quería pensar cómo sería una descarga eléctrica lo bastante fuerte como para matarla.

—Te la pasarías bomba tú, no yo —dijo.

El sábado por la tarde, cuando la mayoría de los chicos de su edad iban al centro comercial o al cine, o a casa de algún amigo, Millie se fue dando un paseo hasta la biblioteca pública. Estaba a unos veinte minutos a pie, así que entre la ida, la vuelta y el par de horas que pasaba curioseando y leyendo allí, la tarde del sábado en solitario pasaba volando.

Aquel día recorrió los pasillos de la biblioteca en busca de material de lectura de terror. Se había terminado *La llamada de Cthulhu* y la decepcionó ver que no había más libros de Lovecraft.

—Hola —dijo una voz detrás de ella.

Millie se sobresaltó y dio un salto, pero enseguida vio que era Dylan.

—No quería asustarte —dijo—. ¿Ya leíste el libro de Lovecraft?

Millie no podía creer que los astros se hubieran alineado tanto que se hubiera encontrado con Dylan fuera de la escuela.

—Sí, me encantó. Esperaba que tuvieran alguno más de él aquí.

—Mmm… —dijo Dylan—. Seguro que encuentro algo que te guste. Dame un segundo.

Con cara de concentración, examinó varios anaqueles y sacó un ejemplar delgado con la cubierta negra y se lo tendió.

—*La lotería y otros relatos*, Shirley Jackson —leyó Millie.

—Sí, te va a encantar. Es el libro perfecto para seguir con los clásicos de terror. Oye —dijo—, estaba leyendo en esa mesa de ahí hasta que te vi. Si quieres sentarte allí a leer conmigo, por mí genial.

—Okey.

Millie tuvo que esforzarse para no mostrar cuán feliz le hacía la invitación.

—Tengo que admitir que tengo un motivo oculto para invitarte —dijo Dylan—. Quiero ver la cara que pones cuando termines de leer el primer relato.

Se sentaron a una mesa uno frente al otro y se pusieron a leer. A Millie le encantaba hablar con Dylan, pero estar en silencio con él también era estupendo. Leyó «La lotería» con una sensación de suspense creciente y, cuando llegó al final, Dylan se echó a reír.

—Estás leyendo con la boca abierta —observó—. Es un final sorprendente, ¿eh?

—Sí que lo es.

—Oye —dijo Dylan—. Estaba pensando que, después de agarrar los libros que voy a llevarme, igual me tomo un té en la cafetería de al lado. ¿Se te antoja? Bueno, no tienes por qué tomar té porque yo lo tome. Puedes pedir un café o un chocolate.

—Se me antoja un té —dijo Millie.

Estaba siendo una tarde bonita. Por sorprendente que pareciera.

Millie había pasado cientos de veces por delante de la cafetería You and Me, pero nunca había entrado. Era un lugar agradable con las paredes de ladrillo aparente y cuadros de artistas locales. Se sentaron con sendas tazas humeantes y Millie dijo:

—Creo que me gustaría ser bibliotecaria.

Nunca se lo había dicho a nadie. Siempre le daba miedo que pudieran reírse de ella.

—Sería perfecto para ti —dijo Dylan—. Te encantan los libros.

—Me gustan mucho los libros y me encanta el silencio —añadió Millie antes de darle un sorbo a su té Earl Grey.

—Deberías vestirte de bibliotecaria gótica —dijo Dylan—. Con el pelo recogido, tus joyas de azabache, un vestido victoriano negro y unos lentes de esos antiguos que sólo se sujetan en la nariz... ¿Cómo se llaman?

—¿Quevedos?

Dylan sonrió.

—Sí, ésas. Si te vistes así y mandas callar a la gente en la biblioteca, ¡se pegarán un susto de muerte!

Millie soltó una carcajada contenida y tuvo que admitir que le gustaba la idea.

Y

Los días de escuela eran mejores ahora que sabía que podía comer con Dylan. Se pasaba la mañana esperando a verlo y la tarde pensando en lo que habían hablado. A veces se sentía un poco tonta por pasar tanto tiempo pensando en un chico.

Pero Dylan no era un chico cualquiera.

Aquel día, cuando llegó a casa, se encontró con su abuelo en la atestada sala.

—Pensé que luego podíamos ir al mercado de Navidad de la escuela —dijo.

En lugar de su chamarra de siempre, llevaba un horrendo suéter verde con árboles de Navidad sonrientes que se veían muy mal.

—El mercado de Navidad es una estupidez —Millie puso los ojos en blanco—. Un montón de gente vendiendo adornos feos para el árbol hechos con palos de polos.

—Vaya, cuando era profesor siempre me pareció divertido. Este año hay un puesto de chili y puedes escoger con carne o vegetariano. Y hay barra libre de galletas. Piénsalo bien, Millie —hizo una pausa dramática—. Barra. Libre. De galletas.

—Lo tenías bien preparado, ¿eh? —dijo Millie.

Nunca se lo diría en voz alta, pero le inspiraba mucha ternura lo emocionado que estaba su abuelo.

—Sí. Las galletas son una cosa que me tomo muy en serio.

—Eso —Millie suspiró. Quizá por una vez podía darle el gusto a su abuelo. No hacían muchas cosas juntos y le vendría bien ver a gente—. Okey, está bien iré aunque no me guste el mercado.

—¡Genial! —exclamó el abuelo—. Salimos dentro una hora o así —la miró de arriba abajo—. A lo mejor podrías ponerte algo que no fuera negro. No sé, algo más… ¿festivo?

—Tampoco te pases, abuelo —dijo Millie.

No podía creer que hubiera accedido a ir a una celebración tan aburrida. Pero a lo mejor Dylan también iba —bajo coacción, como ella— y podían reírse de todo aquello juntos.

Los pasillos de la escuela estaban iluminados con luces de Navidad, y Millie había acertado al predecir la fealdad de los adornos que se vendían. Pero el chili vegetariano estaba rico y había una variedad impresionante de galletas en la barra libre, incluidas unas de jengibre, sus preferidas. Después de comer con su abuelo, Millie recorrió los pasillos fingiendo que miraba los puestos de adornos, aunque en realidad estaba buscando a Dylan.

Lo encontró en el pasillo del segundo piso, pero no como esperaba.

Dylan estaba de pie delante de un puesto donde vendían adornos de renos hechos con bastones de caramelo. Pero no estaba solo. Estaba con Brooke Harrison, una chica rubia guapa y sin gracia que iba con Millie a clase de Historia de Estados Unidos. Dylan y Brooke estaban agarrados de la mano y se reían de algo, muy juntos, como si fueran novios.

Millie se mordió el labio para no soltar un insulto, se dio media vuelta y se largó corriendo por el pasillo y escaleras abajo. Tenía que encontrar a su abuelo. Tenía que salir de allí.

—¿Hay un incendio, hija de Drácula? —le preguntó alguien al pasar.

No se paró ni a mirar quién era. Daba igual, todos los chicos de la escuela eran iguales.

Entró a todo correr en la cafetería buscando el horrendo suéter navideño de su abuelo entre la multitud. Por desgracia para ella, mucha gente llevaba suéteres de Navidad feos.

Por fin lo encontró junto a la mesa de las bebidas, sorbiendo café y charlando con un par de señores mayores que también eran profesores jubilados y que parecían comprar en la misma tienda de suéteres navideños horrendos que su abuelo.

—Tenemos que irnos —le susurró Millie.

El abuelo frunció el ceño con preocupación.

—¿Te encuentras mal o qué pasa?

—No, es que necesito salir de aquí.

¿Por qué no se daba prisa?

—De acuerdo, cariño —miró a los otros señores como diciendo «A esta edad tienen las emociones a flor de piel» y se despidió—: Nos vemos, chicos. Feliz Navidad.

Ya en el coche, su abuelo le preguntó:

—¿Qué pasa, cariño? ¿Te dijo alguien de tu clase algo, se metieron contigo?

Millie no podía creer que su abuelo fuera tan estúpido.

—Nadie de la clase me ha dicho nada porque nadie de la clase me habla. ¡En esta escuela a nadie le importa que esté viva o muerta!

Ahogó un sollozo y se enjugó los ojos para intentar contener las lágrimas.

—Recuerdo que yo me sentía igual a tu edad. No volvería a tener catorce años por nada del mundo, por mucho que eso significara volver a tener todos esos años por delante.

Las lágrimas no paraban. Millie miró por la ventanilla e intentó ignorar a su abuelo. Era imposible que la entendiera. Nadie podía hacerlo, ni mucho menos la gente a la que le gustaban los suéteres de Navidad, las galletas y toda esa alegría falsa con el que se engañaban para enmascarar su miedo a la muerte.

Millie no tenía miedo a la muerte. En aquel momento le parecía que la muerte era su única amiga.

—Vaya, somos un poco tiquismiquis, ¿no? —dijo la voz—. Para ser tu objetivo final, eres tremendamente exigente con cómo alcanzarlo. Pero hay muchas más opciones. Me siento como un mesero leyendo la carta en un restaurante de lujo. La diferencia, claro, es que esa carta te alimenta y la mía te mata —soltó una risa baja y cavernosa—. Ay, es que me parto. Mmm… Ya que estamos hablando de comida, ¿qué te parece si te hiervo? ¿Sabías que durante el reinado de Enrique VIII a los condenados a muerte los hervían vivos? Es curioso que se diga «hervidos vivos», porque sin duda uno no aguanta vivo mucho tiempo si lo meten en agua hirviendo. Pero sí, podría llenarme de agua y luego utilizar mis reservas de energía para subir y subir la temperatura. Primero te sentirías como si te estuvieras dando un agradable baño caliente, pero luego se calentaría más y más. Me pregunto si te pondrías roja como una langosta.

Millie se sentó triste a su mesa en la cafetería, consciente de que estaba condenada a comer sola. Abrió una antología de relatos de terror que había sacado de la biblioteca de la escuela. Por lo menos los libros le harían compañía.

Pero entonces Dylan se sentó delante de ella como si no pasara absolutamente nada.

—Hola —dijo.

—¿Cómo puedes sentarte aquí como si nada? —exclamó Millie.

Ahí estaba, como si nada, abriendo sus sobres de cátsup y echándolo en montoncitos en el plato, como siempre.

—¿Como qué? —preguntó Dylan con cara de no entender nada—. Me siento aquí todos los días.

—Pensaba que preferirías sentarte con Brooke —le espetó Millie.

—Brooke come a otra hora.

Mojó un nugget en la cátsup y se lo metió en la boca.

Millie notó que la ira la recorría de los pies a la cabeza.

—¿Y yo qué soy? ¿El plan B? ¿La suplente?

Dylan se frotó la cara como si estuviera cansado.

—Perdona, Millie. Intento seguirte, de verdad. Pero no entiendo nada.

Millie no entendía cómo podía ser tan estúpido.

—Dylan, te vi. Con ella. En el mercado, anoche.

—Sí. ¿Y?

Nunca había estado tan exasperada.

—Iban de la mano. Está claro que están juntos.

—Sí. ¿Y? —repitió. Pero entonces puso cara de darse cuenta—. Espera, Millie, ¿no creerías que tú y yo estábamos… saliendo?

Millie tragó saliva con gran esfuerzo y se ordenó no llorar.

—Te fijaste en mí. Me trajiste un libro. Fuimos a tomar un té. Claro que creía que podíamos. En el futuro. Salir juntos, digo.

—Vaya —dijo Dylan—. Perdona si te he dado una impresión equivocada. A ver, eres genial, y muy guapa y eso, pero nunca he querido hacerte creer que fuéramos nada más que amigos. ¿Nunca has tenido ningún amigo, chico, pero que no fuera tu novio?

Hannah había sido la única amiga de Millie, pero la había abandonado. Y no iba a decirle eso a Dylan.

—Claro que sí. Pero, Dylan, me dijiste que era la única persona simpática que habías conocido en la escuela.

—Ya. Pero eso fue el primer día. He conocido a más gente agradable después.

—¿Como Brooke? —la voz de Millie estaba teñida de sarcasmo.

—¿Qué pasa, no te gusta Brooke? —preguntó Dylan.

—Es rubia y simple —dijo Millie.

No había por qué andarse con rodeos. Era la pura verdad.

—¿Alguna vez has hablado con ella? —dijo Dylan—. ¿Acaso la conoces?

¿Había oído Millie decir algo alguna vez a Brooke? Nunca hablaba en clase de Historia de Estados Unidos, y Millie suponía que era porque no tenía nada interesante ni importante que decir.

—Nunca he hablado con ella —se excusó Millie—. Yo no hablo con cualquiera.

Dylan sacudió la cabeza.

—Bueno, pues Brooke no es «cualquiera». Es lista, lee mucho y es muy simpática. Quiere ser veterinaria. ¿Qué más da de qué color tenga el cabello? —Dylan la miró como si quisiera atravesarla con la mirada—. Millie, me has decepcionado. Precisamente tú, con tu ropa negra y tu maquillaje tenebroso. Pensaba que no juzgarías a una persona por su aspecto. No te gusta que te lo hagan a ti, y vas tú y haces exactamente lo mismo. Me parece que eso se llama hipocresía —se levantó—. Creo que esta conversación ha terminado.

A medida que se acercaban las vacaciones de Navidad, Millie estaba de peor humor. El frío, los cielos grises y los árboles desnudos cuadraban a la perfección con su estado emocional. Las alegres luces navideñas y los muñecos de Santa Claus en las casas la indignaban, y el sonido de los villancicos en las tiendas y otros espacios públicos la sacaba de sus casillas. Pensaba que no se haría responsable de sus actos si tenía que volver a oír *Noche de paz* una sola vez más.

El espíritu navideño, la paz en la Tierra y los buenos deseos no eran más que mentiras que la gente se decía a sí misma. El invierno era la estación de la muerte.

Durante la cena —verduras salteadas solas para Millie, verduras salteadas con pollo para el abuelo—, éste le dijo:

—¿Estás nerviosa porque mañana es el último día de clase antes de las vacaciones de Navidad?

—No mucho —dijo Millie—. Oye, quería decirte una cosa: no voy a celebrar la Navidad este año.

A su abuelo le cambió la cara.

—¿Que no vas a celebrar la Navidad? Pero ¿se puede saber por qué?

Millie ensartó un trozo de brócoli con el tenedor.

—Me niego a fingir que soy feliz un día en particular sólo porque la sociedad me diga que debo serlo.

—No tiene nada que ver con la sociedad, sino con la familia —dijo el abuelo—. Se trata de reunirse y disfrutar de la compañía de los demás. En Nochebuena vendrán tus tíos y tus primos, y hablaremos con tus padres por Skype, para que también estén presentes. Prepararé una cena por todo lo alto, nos daremos los regalos y luego tomaremos chocolate caliente con galletas y jugaremos a algún juego de mesa.

Millie sintió náuseas sólo de pensar en toda aquella alegría falsa.

—Estaré aquí porque no tengo ningún otro sitio adonde ir, pero me niego a participar en las celebraciones.

—Lo tienes claro, ¿no? —le preguntó su abuelo. Empujó el plato—. Oye, Millie, nunca has sido una niña particularmente alegre. No voy a negar que eras el bebé más quejumbroso que he visto en mi vida, y de pequeña tenías unas rabietas legendarias. Pero creo que eres especialmente desdichada aquí conmigo, y lo lamento de corazón. Soy viejo y no sé qué es lo que les gusta a las chicas de tu edad, pero he intentado que estuvieras todo lo a gusto que me ha sido posible. Quizás hubiera sido mejor que decidieras irte al extranjero con tus padres. Sé que debe de ser duro para ti estar tan lejos de ellos.

—¡No extraño a mis padres! —gritó Millie.

Pero, mientras lo decía, supo que no estaba tan segura. Es verdad que a veces la desesperaban cuando estaban los tres juntos, pero era raro tenerlos tan lejos, y hablar con ellos por Skype los domingos por la noche no era suficiente para paliar su ausencia a diario. Tampoco ayudaba mucho que ella estuviera casi siempre de mal humor durante las llamadas de Skype —porque estaba enfadada con ellos por haberse ido—, así que las conversaciones no eran lo que se dice muy distendidas.

—De acuerdo, quizá no los extrañes —dijo su abuelo—. Pero algo te pasa últimamente… ¿Has tenido algún problema en la escuela o te has peleado con algún amigo? No digo que yo pueda solucionarlo, pero a veces ayuda tener a alguien que te escuche.

En contra de su voluntad, una imagen de Dylan se coló en su cabeza, del día que lo conoció, cuando fue incapaz de creer que aquel chico nuevo tan cool, que podía haberse sentado donde quisiera en la cafetería, hubiera elegido sentarse delante de ella. Pero, bueno, ya no lo hacía. Ahora se sentaba en otra mesa con unos chicos que sólo hablaban de juegos de rol y fantasía, y Millie se sentaba sola con un libro por única compañía.

—Ya te lo dije, no tengo amigos —dijo Millie.

—Bueno, pues quizá deberías intentar hacer alguno —dijo su abuelo—. No tienes por qué ser la más sociable de la escuela, si no quieres, pero todo el mundo necesita un buen amigo.

—¡Tú no tienes ni idea de lo que necesito! —gritó Millie levantándose de la mesa—. Me voy a hacer la tarea.

En realidad, no tenía tarea, porque al día siguiente era el último día de clase antes de las vacaciones, pero habría dicho cualquier cosa con tal de salir de allí.

—Y yo me voy al taller —dijo su abuelo—. No eres la única que puede salir como una exhalación de los sitios, muchachita.

Era la primera vez desde que se había mudado allí que su abuelo parecía estar enfadado con ella de verdad.

En su habitación, Millie encendió la computadora, abrió YouTube y tecleó: «videos musicales de Curt Carrion». Pulsó en *Death mask*, su canción preferida. En el video salían un montón de cuervos, murciélagos y buitres volando en círculos. En el centro estaba el propio Curt Carrion, rugiendo la macabra letra, con su pelo de punta negro, su piel pálida y la raya del ojo perfectamente pintada de negro. Millie sentía que Curt Carrion era la única persona en el mundo que podía comprenderla.

¿A quién quería engañar?

Υ

—Por favor, no me hiervas viva —suplicó Millie.

Tenía que idear una forma de huir. De pronto estaba desesperada por seguir viviendo.

—¿No quieres que te hierva? Bueno, es comprensible. Lo mires por donde lo mires, es una forma bien desagradable de morir. La gente que presenciaba las ejecuciones en la época de Enrique VIII decía que era tan asqueroso que hubieran preferido ver una decapitación. ¡Ah! He ahí una que no se nos había ocurrido todavía: ¡decapitación! —lo dijo como si fuera una palabra preciosa—. Hay muchas formas de cortar una cabeza, claro, y si la hoja está lo bastante afilada, suele ser bastante rápido e indoloro. Claro que si la hoja no está bien afilada… Bueno, la pobre María Estuardo, reina de Escocia, necesitó tres golpes con la vieja hacha del verdugo hasta que el coco se le separó por fin del cuerpo. Pero la guillotina era rápida y limpia, y no requería ninguna habilidad por parte del ejecutor, lo que ayudó a librarse de todos aquellos ricachones engreídos durante la Revolución francesa. Los ponían en fila y los iban pasando por la guillotina como si fuera una cadena de montaje. ¡O más bien de «desmontaje»! —la voz se detuvo otra vez para soltar otra carcajada. Fuera lo que fuera aquel ser, parecía estar pasándosela en grande a costa de Millie—. En Arabia Saudita (ahí es donde viven tus padres, ¿no?) todavía decapitan a la gente como una forma de aplicar la pena de muerte. Utilizan una espada, algo que me parece bastante elegante y dramático.

«Arabia Saudita», pensó Millie. Sus padres estaban muy lejos. No podían ayudarla. Y en aquel momento, cara a cara con la muerte, sintió más amor por ellos que nunca. Eran raros, tomaban decisiones extrañas y cometían errores estúpidos, de acuerdo, pero sabía que los quería. Pensó en los chistes malísimos de su padre y en los centenares de cuentos que le leía su madre antes de dormir cuando era pequeña. Quizá sus padres fueran distintos de los padres de otros niños, pero siempre habían satisfecho sus necesidades básicas y la habían hecho sentirse querida y a salvo.

Millie quería estar a salvo.

—¡Millie, por lo menos baja a saludar! —gritó su abuelo desde el piso de abajo.

Era Nochebuena y el abuelo llevaba todo el día poniendo villancicos, cantando *Dulce Navidad*, *Noche de paz* y otros temas que Millie odiaba profundamente, desafinando a voz en grito en la cocina mientras preparaba el pavo y decoraba las galletas.

Por el ruido que provenía de abajo, Millie supuso que sus tíos y sus primos ya habían llegado. Aquello no la alegraba. Nada lo hacía.

Millie bajó las escaleras a regañadientes. Estaban reunidos alrededor de un recipiente de cristal antiguo lleno de ponche que su abuelo había sacado de quién sabía dónde en aquella casa llena de bártulos.

Todos llevaban suéteres navideños, todos, hasta sus insoportables primos pequeños. La tía Sheri lucía una abominación textil con un reno con la nariz roja encendida como un foco. El tío Rob, el hermano tonto de su padre, llevaba un suéter rojo con bastones de caramelo pegados, y Cameron y Hayden iban a juego con sendos suéteres de elfos. Era todo tan horrendo que Millie temió que le sangraran los ojos.

—¡Feliz Navidad! —la felicitó su tía Sheri abriendo los brazos para abrazarla.

Millie no se movió.

—Hola —dijo con una voz fría como témpanos de hielo.

—¿Vas a un funeral, Millie? —le preguntó su tío Rob señalando su atuendo negro y morado de la cabeza a los pies.

Siempre le decía lo mismo, y parecía seguir encontrándolo graciosísimo.

—Ojalá —contestó Millie.

Prefería estar en un ambiente sinceramente triste que en uno tan feliz como falso. Y prefería sin duda la música fúnebre de órganos a que la obligaran a escuchar *Noche de paz* una sola vez más.

—Millie no va a celebrar la Navidad este año —explicó su abuelo—. Pero al menos ha accedido a honrarnos con su presencia.

—¿Cómo que no vas a celebrar la Navidad? —dijo Hayden mirando a Millie con sus grandes ojos azules e inocentes—. La Navidad es súper cool.

Su primo ceceaba y decía «ez» y «zúper cool», algo que, suponía Millie, a la gente debía de hacerle gracia.

—¡Y los regalos son lo máximo! —exclamó Cameron cerrando el puño de la emoción.

Los dos niños estaban tan sobreexcitados que parecía que sus padres les hubieran dado un café expreso. Millie se preguntó si habría habido una época en la que ella se emocionara así por las Navidades, o si siempre habría sido una persona sensata.

—Nuestra cultura es ya lo suficientemente materialista —dijo Millie—. ¿Por qué quieren tener más cosas?

Sus tíos y sus primos parecieron incómodos. Bien. Alguien en aquella familia tenía que decirles la verdad.

Sheri se plantó una sonrisa.

—Millie, ¿no quieres un ponche de huevo, por lo menos?

—El ponche de huevo es como beber flema —dijo Millie.

En serio, ¿cómo era posible que una bebida tan asquerosa se hubiera convertido en parte de una celebración tradicional? El ponche de huevo y el pastel de frutas parecían más bien parte de un castigo que de una celebración.

—¿Qué es flema? —preguntó Hayden.

—Es esa cosa asquerosa que tienes en la garganta y en la nariz cuando estás resfriado —explicó la tía Sheri.

Cameron levantó su vaso.

—¡*Mmm!* ¡Moco de huevo! —exclamó, y luego dio un gran buche que le dejó todo el bigote embarrado de ponche.

Millie no podía soportarlo. Tenía que salir de allí.

—Me voy a dar un paseo —dijo.

—¿Podemos ir? —preguntó Hayden.

—No —contestó Millie—. Necesito estar sola.

—Bueno, pero no te vayas muy lejos —le advirtió su abuelo—. Cenamos dentro de una hora.

Cuando Millie abría la puerta, su abuelo le gritó que se llevara el abrigo, pero ella le ignoró.

En todas las casas del barrio había más de un coche en la entrada, sin duda de familiares que venían a celebrar la Navidad. Toda aquella gente haciendo todos lo mismo: regalos, ponche de huevo e hipocresía. Pero Millie era diferente y no iba a participar en eso.

«Hipocresía», pensó de nuevo, y la palabra la golpeó como un martillo. Dylan le había dicho que era una hipócrita por juzgar a Brooke por su apariencia. Pero los chicos —incluso los chicos que le agradaban, como Dylan— se dejaban engañar por las apariencias. Si una chica guapa, rubia y convencional les hacía el más mínimo caso, enseguida pensaban que era la más lista y la más buena, todo en uno. Millie no era una hipócrita. Era una persona que decía la verdad, y si había gente que no soportaba oír la verdad, era su problema.

Después de dar una vuelta a la manzana, empezó a tener bastante frío, pero no iba a volver a casa todavía.

De pronto se le ocurrió una idea. En el taller, su abuelo tenía un calefactor pequeño que siempre estaba encendido; con él podría estar calientita a la par que alejada de la fiesta. Él estaba demasiado ocupado haciendo de anfitrión en su patética reunión navideña como para ir al taller. Era el escondite perfecto.

El abuelo guardaba la llave debajo de un macetero junto a la puerta. Millie la tomó, abrió la puerta y jaló la cadena que encendía el foco desnudo que iluminaba el pequeño espacio sin ventanas. Cerró la puerta detrás de ella y miró alrededor.

Aquello estaba aún más lleno de cachivaches que la última vez que había estado allí. Su abuelo debía de haber ido a varios mercados, deshuesaderos y chatarrerías. Cerca del banco de trabajo había una bicicleta antigua oxidada, de esas que tienen la rueda de delante enorme y la de atrás diminuta. También había un montón de juguetes mecánicos viejos: una alcancía metálica con un payaso al que le metías las monedas por la boca y una caja sorpresa que le pegó un susto de muerte cuando el bufón de dentro salió despedido de repente, aunque sabía que pasaría desde el momento en que empezó a girar la manivela. Había incluso uno de esos espantosos monos sonrientes que tocaban los platillos.

¿Para qué quería su abuelo todas aquellas cosas inútiles y qué planeaba hacer con ellas? «Repararlas y llenar aún más la casa», pensó.

El objeto más extraño de todos estaba arrumbado en un rincón del taller. Era una especie de oso mecánico con una corbata de moño, un sombrero de copa y una sonrisa espeluznante. Parecía que alguna vez había sido blanco y rosa, pero los largos años de abandono lo habían dejado de un tono grisáceo y sucio. Era grande, lo bastante grande para que una persona cupiera en su interior, como en esas películas de ciencia ficción donde la gente «conducía» robots gigantes. Tenía unos goznes en las extremidades que sugerían que en algún momento había sido articulado. Debía de ser de esas atracciones antiguas para niños donde ponían muñecos animatrónicos que daban miedo. ¿Por qué a los niños siempre les gustaban las cosas que provocaban pesadillas?

Fuera del taller, Millie oyó risas y gritos. Hayden y Cameron estaban jugando en el patio. No se le había ocurrido cerrar la puerta del taller por dentro, ¿Y si intentaban entrar?

No podía dejar que la encontraran. Irían a delatarla con los adultos, que la obligarían a entrar en casa y la condenarían a una celebración obligatoria.

Millie se sorprendió mirando fijamente al viejo oso animatrónico, esta vez no sólo por curiosidad, sino como una posible solución a su problema.

Abrió la portezuela que había en la parte delantera del cuerpo del oso mecánico, se metió dentro y la cerró tras de sí. La oscuridad la envolvió. Aquello era mucho mejor que las molestas luces parpadeantes y los suéteres de Navidad de colores chillones.

Era perfecto. Nadie la encontraría allí. Podía volver a la casa cuando oyera el coche del tío Rob y la tía Sheri saliendo del camino de entrada. ¿Qué importaba perderse el Skype con sus padres? Se lo tenían merecido por estar tan lejos de ella en Navidad.

—¡Niños, la cena está lista! —gritó el abuelo por la puerta trasera—. ¡Millie, ven tú también, si puedes oírme!

Cameron y Hayden entraron corriendo con las mejillas enrojecidas por el aire frío.

—Huele muy bien —dijo Cameron.

—Claro, porque tengo preparado un auténtico festín —dijo su abuelo—. Pavo con camote y panecillos dulces, y los ejotes con cebolla de tu madre. Niños, ¿no vieron a Millie por ahí afuera?

FIVE NIGHTS AT FREDDY'S. LA ALBERCA DE PELOTAS

—No, no la hemos visto —dijo Hayden—. Abuelo, ¿por qué es tan rara?

El abuelo se echó a reír.

—Tiene catorce años. Tú también serás raro cuando tengas catorce años. Vamos, lávense las manos antes de sentarse a comer.

En la mesa, el abuelo cortó en rebanadas el enorme y reluciente pavo.

—Lo glaseé con Coca-Cola —dijo—. Encontré la receta en internet. He estado buscando muchas recetas nuevas desde que Millie se mudó aquí, la mayoría vegetarianas, para que no se muriera de hambre. Compré esta hamburguesa vegana para ella: se la puede comer con los ejotes con cebolla y el camote, cuando vuelva.

—Tengo la sensación de que deberíamos salir a buscarla —dijo Sheri.

—Déjala, vendrá cuando tenga hambre o cuando sienta que ya ha dejado clara su opinión —dijo el abuelo—. Es igual que su gata. Está en la edad, ya sabes. Pero, bueno, hablando de hambre, ¿quién quiere pavo?

—No tengo espada como los verdugos de Arabia Saudita, Millie la «tontis» —dijo la voz—, pero tengo unos dientes metálicos afilados con los que puedo atravesar la cámara. Pueden pasarte a la altura del cuello, o un poco más abajo y cortarte en dos. La bisección es una opción segura también. ¡Sea como sea, el caso es hacerlo! Creo que sería limpio como con nuestra amiga la guillotina, y no un recurso barato como el de María

Estuardo, pero no estoy seguro al cien por ciento. Será mi primera decapitación. También para ti será la primera, ¡y la última, claro!

Mientras la voz se reía de su última ocurrencia, Millie se puso a empujar las paredes de la cámara donde estaba atrapada. No se movieron ni un milímetro. Pero entonces vio una diminuta rendija de luz que se colaba por el lateral de la portezuela. Quizá si pudiera meter algo en aquella rendija, podría abrir la puerta. Pero ¿qué podía usar?

Repasó mentalmente sus joyas. Los aretes eran demasiado pequeños y frágiles, y el collar era una cadena inservible de cuentas de azabache. Pero llevaba un brazalete de plata en la muñeca. Se lo quitó y empezó a manipularlo hasta que consiguió aplanarlo y que quedara casi recto. El extremo parecía del tamaño adecuado para meterlo por la rendija. Pero le daba miedo probar por si su carcelero se daba cuenta.

—¿Millie? —dijo la voz—. ¿Sigues conmigo? Tienes que tomar una decisión.

Millie pensó. Si bajaba la cabeza y se hacía bolita cuando pasara la cuchilla, se salvaría. Tenía que ser rápida, eso sí, y asegurarse de quitar completamente la cabeza de en medio, o la decapitaría. Si la cuchilla bajaba más para cortarla por la mitad, tendría que tumbarse del todo en el suelo del habitáculo.

—¿Y no podrías dejarme ir? —preguntó—. ¿Quieres algo a cambio de mi vida?

—Corderita, lo único que quiero de ti es tu vida.

Millie respiró hondo.

—Está bien. Pues elijo la decapitación.

—¿En serio? —La voz sonaba tremendamente satisfecha—. Buena elección. Es un clásico. Te prometo que no te decepcionará, ¡porque estarás muerta!

Millie sintió que le saltaban las lágrimas. Tenía que ser fuerte. Pero se puede llorar y ser fuerte al mismo tiempo.

—Avísame cuando vayas a hacerlo, ¿de acuerdo? No lo hagas sin avisar.

—De acuerdo, supongo que puedo hacerlo. No puedes esconderte en ningún sitio. Dame unos minutos para prepararme. Ya sabes lo que dicen: «La preparación previa es imprescindible para el éxito».

La cámara tembló y se agitó, y entonces los ojos del animatrónico se dieron la vuelta y dejaron de mirar hacia dentro.

Millie esperó con el corazón a mil por hora. ¿Por qué había deseado la muerte? Le daba igual que la vida fuera dura, deprimente o decepcionante, quería vivir. Al menos quería tener la oportunidad de disculparse con Dylan por lo que había dicho de Brooke y preguntarle si podían volver a ser amigos.

Se hizo bolita lo más pequeño que pudo y metió la cabeza debajo de los brazos. Deseó como nunca nada en la vida estar lo suficientemente abajo para que la cuchilla no la alcanzara.

—Millicent Fitzsimmons, te condeno a muerte por crímenes de lesa humanidad.

—Espera —dijo Millie—. ¿Qué significa «crímenes de lesa humanidad»?

—Mira —dijo la voz—, has sido maleducada y has perdido los estribos con facilidad. Te has precipitado en juzgar a los demás. No has sido lo bastante agradecida con las personas que te profesaban únicamente amor y bondad.

La voz tenía razón. Los distintos momentos en los que había sido maleducada e ingrata se reprodujeron en su cabeza como las escenas de una película que no quería mirar.

—Me declaro culpable —dijo Millie—. Pero ¿por qué son crímenes por los que tengo que morir? Todo el mundo incurre en esos fallos de vez en cuando.

—Es cierto —dijo la voz—. Por eso son crímenes de lesa humanidad.

—Pero si todos los seres humanos son culpables, ¿por qué tengo que morir yo por ellos?

La voz no contestó y Millie sintió un pequeño atisbo de esperanza. Quizá no tendría que jugársela ni hacerse bolita en el suelo del habitáculo. Quizá podría salir de aquel aprieto razonando.

—Porque tú eres la que se ha metido en mis tripas —repuso la voz.

Lloriqueando, Millie se hizo todo lo pequeña que pudo al fondo de la cavidad. Si conseguía salir de allí, sería más simpática con su abuelo. Había sido muy bueno con ella, la había acogido, había aguantado sus cambios de humor y había aprendido a cocinar un montón de recetas vegetarianas.

—En honor a la Revolución francesa —dijo la voz—, voy a contar hasta tres en francés antes de liberar la cuchilla: ¡un, deux, TROIS!

Veloz como un rayo, la hoja cayó con un sonido escalofriante y atravesó el habitáculo.

ϓ

El abuelo sacó una bandeja de galletas de azúcar y las dejó sobre la mesita de café.

—Vuelvo enseguida con el chocolate caliente —dijo.

En la cocina, cedió por fin y sacó el celular para llamar a Millie. El celular de su nieta vibró en el bolsillo de la chamarra que colgaba del perchero de la entrada.

Bueno. Que volviera cuando sintiera que había dejado clara su postura. Aunque le preocupaba que estuviera afuera sin abrigo. Hacía bastante frío.

El abuelo sirvió cinco tazas de chocolate caliente y les echó malvaviscos por encima. Llevó las tazas humeantes en una bandeja hasta la estancia.

—¿Quién quiere que abramos los regalos? —exclamó.

—¡Yo! —gritó Cameron.

—¡Yo! —gritó aún más fuerte Hayden.

—¿No deberíamos esperar a Millie? —preguntó Sheri.

—No quiere celebrar la Navidad, ¿o no te acuerdas? —dijo Rob—. ¿Por qué íbamos a esperarla si ha decidido ser una malcriada?

Al abuelo no le gustaba que usaran la palabra «malcriada» para definir a Millie. No era mala chica. Sólo estaba en una edad difícil. Volvería. Se agachó junto al árbol de Navidad y puso todos los regalos de Millie en un montoncito para cuando volviera.

Apoyando el pie en un cajón abierto, el detective Larson se reclinó en su silla de madera. El crujido habitual sonó extrañamente fuerte en ausencia del caos matutino de la oficina de la división. El cuchitril estaba atestado hasta el tope con doce mesas, el doble de sillas, el triple de computadoras, monitores e impresoras, un puñado de tableros, archiveros y mesas de trabajo, así como una única cafetera, que funcionaba fatal, encajada en un rincón. Siempre se salía el café, pero emitía un sonido que, según un par de detectives, se parecía a la *Cabalgata de las Valquirias*. En aquel momento estaba en el punto álgido de la sinfonía.

Larson sacudió la cabeza. Sólo era consciente de lo deprimente que era aquel lugar cuando estaba desierto, como aquella noche de lunes. Él también debería haberse ido a casa ya, pero no tenía prisa por llegar a su apartamento vacío. Desde que su mujer, Angela, lo había dejado, le había pedido el divorcio y se había propuesto que él viera a su hijo de siete años, Ryan, lo menos posible, Larson no tenía muchas razones para irse a casa. Su casa no era un hogar. Era un piso pequeño de dos habitaciones que, según Ryan, olía a pepinillos y tenía «la alfombra más fea del mundo».

Decidió quedarse hasta tarde y adelantar algún informe, pero en realidad estaba allí sintiendo lástima de sí mismo.

¿De verdad era un padre tan terrible como decía Angela? Es verdad que por culpa del trabajo tenía que perderse muchos de los partidos y de las actividades de la escuela de Ryan. Sí, había incumplido muchas de las promesas que le había hecho a su hijo.

«Hoy llegaré pronto para jugar a la pelota, Ryan» se convertía habitualmente en «Perdona, ha llegado un caso nuevo».

«Te llevo de campamento este fin de semana» acababa siendo «Perdona, el jefe me necesita».

—Es tu hijo, Everett —le decía Angela una y otra vez antes de separarse—. No es algo que puedas posponer. Debería ser tu razón de ser, no algo que vas dejando permanentemente para otro día.

Angela no lo entendía. Él quería a su hijo, por supuesto, pero aquel trabajo no era sólo un trabajo.

Sí, definitivamente estaba compadeciéndose. Y eso no era aprovechar el tiempo.

Larson cambió de postura intentando encontrar una más cómoda, aunque no era tarea fácil. Miró a su alrededor, al lugar donde pasaba dos tercios de su vida desde hacía cinco años. Era una estancia lóbrega. Paredes beiges y sucias, luces fluorescentes parpadeantes, suelo de linóleo gris rayado, todos aquellos muebles perpetuamente desordenados… ¿De verdad los detectives eran tan miserables que se merecían un entorno así, o es que estaban demasiado ocupados para adecentarlo?

Larson dejó vagar la vista hasta la hilera de ventanas estrechas repartidas por la fachada. Al final de la hilera vio una hiedra raquítica que sobresalía en un hueco entre el marco y la ventana sucia que dejaba pasar el tenue resplandor amarillo de una farola.

—Vaya, pero si es mi perdedor favorito.

Larson ahogó un gruñido. Eso le pasaba por no irse a casa.

—Qué pasa, jefe —saludó.

El inspector Monahan zigzagueó entre las mesas vacías y arrugó la nariz al pasar por el monumento a la porquería del detective Powell.

—¿Qué es esa peste?

El inspector miró los montones de papeles y envases de comida vacíos.

—No lo sé. Ni quiero saberlo.

Desde donde estaba Larson, la oficina olía a desinfectante. Su compañero, el detective Roberts, cuya mesa estaba delante del ordenado espacio de Larson, no paraba de rociarlo todo con un aerosol para enmascarar el olor a podredumbre que venía de la mesa de Powell.

El inspector apoyó un pie en la silla libre que había junto a la mesa de Larson. Le tendió un sobre. Larson lo miró. Tenía la sospecha de que no le iba a gustar lo que había dentro, así que no hizo ademán de agarrarlo.

El inspector tiró el sobre encima del papel secante verde y manchado de Larson. Aterrizó al lado de los lápices recién afilados que éste había preparado para aquella monótona noche.

—El Espectro Suturante —dijo el jefe de inspectores—. Nadie más lo quiere.

—Yo tampoco lo quiero.

—Negativo.

Aquella palabra siempre sonaba cortante cuando la decía el jefe de inspectores. Era un tipo bajito y canoso, pero había dejado muy claro desde los inicios de su carrera que su tamaño y el color de su pelo no tenían nada que ver con su capacidad de repartir. No era grande, pero podía hacer lo mismo que cualquier hombre grande. Y hablaba como un hombre grande, con una voz áspera y fuerte con la que uno no quería discutir a menos que fuera absolutamente imprescindible.

Pero Larson tenía que hacerlo. No quería ver lo que había en el sobre.

—El Espectro Suturante es sólo una leyenda urbana —protestó Larson sin tocar el sobre, que estaba quieto como una babosa enorme junto a su pie.

—Ya no. ¿No te has enterado? —el inspector Monahan no estaba dispuesto a aceptar un no por respuesta de buenas a primeras.

Larson suspiró. ¿Cómo no iba a haberse enterado? Hablaban de ello en todos los medios de comunicación, y la gente quería respuestas.

Una adolescente del pueblo, Sarah no sé qué, había desaparecido hacía una semana, y los detectives asignados al caso —no Larson, que daba gracias por ello— habían entrevistado a varios testigos que decían que habían visto a la chica convertirse en chatarra delante de sus narices. Claro que los testigos eran todos chicos la escuela, que no eran lo que se dice adalides de la verdad. Sin embargo, en aquel caso las declaraciones parecían fidedignas, a pesar de lo extravagantes que eran.

—Me he enterado, sí —admitió Larson.

—No tiene ni pies ni cabeza, lo sé. Pero esta mañana les han hecho el examen psicológico a la mayoría de los testigos. Los psiquiatras confirman que los propios testigos creen a pie juntillas lo que dicen. Lo mismo que la gente que dice haber visto al Espectro Suturante.

Larson puso los ojos en blanco y dijo con voz profunda:

—Una extraña figura encapuchada que recorre las calles por la noche —enseguida volvió a su voz habitual—. ¿Me quedé dormido y me desperté en una película de terror?

El jefe resopló y señaló el sobre con un movimiento de mandíbula:

—Y todavía no sabes la mejor parte. Ábrelo.

Larson respiró hondo y bajó un pie al suelo. Arrastró la silla hacia delante. Volvió a crujir, esta vez más fuerte, como si ella tampoco tuviera ningún interés en el Suturante y se viera en la necesidad de declarar su negativa. Larson tomó el sobre, sacó un montón de papeles de adentro y hojeó algunos informes de los testigos. Como todos los informes de adolescentes, los testimonios eran parecidos, aunque tenían el nivel de detalle suficiente como para reducir sensiblemente la posibilidad de que se tratara de una broma pesada.

El Suturante, según los testigos, era una figura envuelta en una especie de capa, túnica o abrigo con capucha. Caminaba tambaleándose, sin mostrar interés alguno en los demás a menos que se le molestara, y parecía obsesionado con los contenedores y los botes de basura. Se le solía ver arrastrando bolsas de basura cuyo contenido se desconocía. Larson ya había oído hablar de todo aquello antes. Tanto él como sus compañeros creían que era una patraña.

Dejando a un lado las declaraciones de los testigos, Larson hojeó las siguientes páginas que encontró en el sobre: informes de muertes en circunstancias sospechosas.

Larson puso cara de póquer mientras leía, y se alegró de que el jefe no pudiera notar el escalofrío de miedo que le recorrió de arriba abajo. Sintió que los informes caían como una piedra en el estanque que era su vida y que el impacto formaba ondas inexorables hacia fuera, hacia un futuro que no le iba a gustar.

Pasó las páginas rápido.

—¿Cinco? Cinco cadáveres atrofiados con… —bajó la mirada y leyó el primer informe del montón— los ojos rezumando sangre negra por ambos lados del rostro. Pero ¿hay más?

Aquel tipo de muerte no era nuevo para Larson, desgraciadamente, pero él sólo había oído hablar de una víctima. Y no sabía que tuviera nada que ver con el Suturante.

El inspector Monahan se encogió de hombros.

Larson leyó con más atención el texto. Dos de los cadáveres encontrados pertenecían a dos tipos con antecedentes penales nada desdeñables. Larson reconoció a uno de los hombres: lo había detenido por agresión unos años antes. Separó los dos informes y los señaló con el dedo.

—Apuesto a que estos dos intentaron atacarlo.

El jefe, que por fin se había sentado en una silla junto a la mesa de Larson, asintió.

—Yo también lo creo —se inclinó hacia delante y señaló un montón de fotografías que Larson todavía no había visto—. Mira esto.

Larson ojeó las imágenes tomadas por las cámaras de seguridad cerca de donde se había avistado al Suturante. Hizo una mueca al ver una en la que la figura parecía estar sacando el torso de un maniquí de un contenedor.

—Pero ¿qué diablos hace?

El jefe de inspectores no contestó.

Larson siguió pasando las fotografías. Se detuvo otra vez. Por debajo de la capucha de lo que parecía una especie de gabardina larga, un rostro blanco y abultado contemplaba la noche. Larson se puso rígido para no encogerse. Quería soltar la fotografía y salir corriendo todo lo lejos que pudiera de su mesa. Pero no lo hizo. Se quedó allí contemplando aquel extraño rostro y se concentró para tratar de respirar con normalidad. No iba a dejar que toda aquella locura lo desequilibrara, y menos aún delante del jefe.

Aquello no era un rostro, al menos no un rostro humano. A menos que fuera uno desfigurado y enteramente vendado, quizá. Parecía más bien una máscara. La cara era redonda y los rasgos estaban pintados sobre la superficie blanca y curva. Estaban dibujados con marcador negro... y parecían obra de la mano de un niño.

Larson se obligó a relajar los hombros tras darse cuenta de que los había ido subiendo cada vez más cerca de las orejas. «No es más que una estúpida careta», se dijo.

Levantó la vista hacia el inspector Monahan.

—¿Una máscara?

—Yo he pensado lo mismo.

Larson volvió a mirar el rostro. Tenía los ojos oscuros, y uno parecía hinchado; también tenía una boca aterradora a la que le faltaba un diente y algo entre los incisivos delanteros.

—Tenemos un sospechoso.

El jefe apretó los labios finos esbozando algo parecido a una sonrisa. Le encantaba soltar bombazos así.

—¿Un sospechoso de qué? ¿De esto?

Larson señaló la cara borrosa y extraña.

El jefe asintió.

—Y no vas a creer de dónde lo sacamos.

Otros libros que también te gustarán

Descubre los retorcidos misterios ocultos detrás
del videojuego de terror más vendido y la serie de libros
más popular según *The New York Times*.

Los ojos de plata
Five Nights at Freddy's. Vol. I

SCOTT CAWTHON, KIRA BREED-WRISLEY

La novela oficial basada en el videojuego
bestseller en el mundo entero.

Diez años después de los terroríficos asesinatos sucedidos en la
Freddy Fazbear Pizza que asolaron a una población entera, Charlie, la hija del antiguo propietario de la pizzería, y sus amigos de
la infancia, se reúnen para recordar el aniversario de la tragedia a
las puertas del local que ha estado cerrado y abandonado durante
todos estos años.

Cuando encuentran la manera de entrar en la antigua pizzería, ellos descubrirán que las cosas no son como eran en el pasado.
Las cuatro mascotas animatrónicas han crecido y sus patrones
han cambiado. Ahora tienen un oscuro secreto... y una agenda
en la que el terror y el asesinato son sus prioridades.

Five Nights at Freddy's

LOS OJOS DE PLATA

SCOTT CAWTHON
KIRA BREED-WRISLEY

rocaeditorial

Los otros animatrónicos
Five Nights at Freddy's. Vol. II

Scott Cawthon, Kira Breed-Wrisley

Segunda novela oficial de la serie basada en el video-juego de terror que arrasa en el mundo entero.

Ha pasado ya un año desde los terribles sucesos acontecidos en Freddy Fazbear's Pizza, y Charlie está haciendo todo lo posible por seguir adelante. Ni la emoción por empezar en una nueva escuela puede hacerla olvidar lo sucedido; siguen persiguiéndola y atormentando las pesadillas de un asesino enmascarado y sus cuatro temibles animatrónicos. Charlie quiere creer que aquella experiencia ha acabado, pero cuando descubren una serie de cuerpos cerca de la escuela llenos de heridas que le resultan inquietantemente familiares, se verá arrastrada de nuevo al mundo de aquellos horribles seres creados por su padre.

Hay algo absolutamente retorcido que está a punto de atrapar a Charlie, y esta vez no la dejará escapar.

Five Nights
at Freddy's

LOS OTROS
ANIMATRÓNICOS

SCOTT CAWTHON
KIRA BREED-WRISLEY

rocaeditorial

El cuarto armario
Five Nights at Freddy's. Vol. III

Scott Cawthon, Kira Breed-Wrisley

Tercera entrega de la serie basada en el videojuego
de terror que arrasa en el mundo entero.

¿Qué fue lo que realmente sucedió con Charlie? Ésta es la pregunta que John es incapaz de entender, además de las constantes
pesadillas que tiene en las que Charlie aparece muerto, pero en
las que también, milagrosamente, Charlie reaparece. Lo único
que John quiere es olvidar la saga de terror que vivió en la Freddy
Fazbear's Pizza, pero el pasado no es tan sencillo de enterrar.
Mientras tanto, la apertura de una nueva pizzería en Hurricane
trae consigo una nueva ola de secuestros que le suenan muy familiares. Unidos por la pérdida de su niñez y a regañadientes,
John se juntará con Jessica, Marla y Carlton para resolver el caso
y encontrar a los niños desaparecidos. A lo largo del camino, des-
cifrarán el misterio de lo que le sucedió a Charlie y del inquietan-
te legado de las creaciones de su padre.

Five Nights at Freddy's
EL CUARTO ARMARIO
SCOTT CAWTHON
KIRA BREED-WRISLEY
rocaeditorial

ESTE LIBRO UTILIZA EL TIPO ALDUS, QUE TOMA SU NOMBRE
DEL VANGUARDISTA IMPRESOR DEL RENACIMIENTO
ITALIANO, ALDUS MANUTIUS. HERMANN ZAPF
DISEÑÓ EL TIPO ALDUS PARA LA IMPRENTA
STEMPEL EN 1954, COMO UNA RÉPLICA
MÁS LIGERA Y ELEGANTE DEL
POPULAR TIPO
PALATINO

Five Nights at Freddy's. Escalofríos de Fazbear. La alberca de pelotas
de Scott Cawthon y Elley Cooper
se terminó de imprimir en mayo de 2022
en los talleres de
Impresora Tauro, S.A. de C.V.
Av. Año de Juárez 343, col. Granjas San Antonio,
Ciudad de México